Chère lectrice,

Que veulent don[c] [...] [...] [...] [...]on à
laquelle bon nombr[e] [...] [...] [...] [...] sont
pas les seules ! — a[...] [...] [...] [...]aige,
par exemple (Azur [...] [...] [...] met
à la merci de Nikolas, et qui ignore si le riche homme
d'affaires, en lui proposant un travail, cherche à l'aider...
ou à se venger d'elle. Ou encore Celia, qui découvre avec
stupeur que l'inconnu qu'elle a payé pour l'épouser (Azur
2113) est millionnaire ! Si ce n'est l'argent, quelle raison
a bien pu pousser ce célibataire endurci à contracter un
mariage blanc ?

Dieu merci ! certains ont tout de même des motivations
plus claires. Ainsi, Megan sait-elle que son patron ne
cherche qu'à éloigner une admiratrice trop envahissante
lorsqu'il lui propose de se faire passer pour sa fiancée le
temps d'un week-end (Azur 2116). Mais dans ce cas,
pourquoi continue-t-il à jouer le jeu une fois de retour au
bureau ?

Oui, décidément, il est bien difficile de s'y retrouver
dans l'âme masculine. A se demander si les hommes eux-
mêmes y parviennent ! Et ce n'est pas Léo (Azur 2118)
qui, depuis sa rencontre avec Elizabeth, ne sait plus s'il
veut jouer les globe-trotters ou fonder un foyer, qui nous
fera changer d'avis.

Pourtant, il faut bien avouer que le mystère ne fait
souvent qu'ajouter à leur charme. Le mystère, et cette
secrète certitude de les voir un jour, tel Dominic dans
L'amour vainqueur (Azur 2115), se décider enfin et balayer
tous les obstacles pour obtenir ce qu'ils désirent, c'est-à-
dire... nous !

Bonne lecture,

La responsable de collection

Spécial été

La collection Azur vous propose un volume double exceptionnel

Collection Azur

Dès le 15 juin, en plus de vos huit titres
habituels, découvrez ou retrouvez deux romans
réédités pour ensoleiller votre été.
Deux romans qui, réunis en un **volume spécial**,
sauront sans nul doute vous captiver.
En voici les résumés :

Le piège de la vengeance, de Lucy Gordon

Depuis dix ans, John ne songe qu'à sa vengeance.
Une vengeance élaborée avec tant de ténacité qu'elle
a transformé l'adolescent pauvre d'hier en homme
d'affaires redoutable, assez puissant pour écraser
le clan des Drummond qui l'a humilié autrefois
— et, avec lui, Eve, la femme qui l'a trahi...

Duo de charme, de Roberta Leigh

Lorsque sa cousine, obligée de s'absenter pour un soir,
la supplie de la remplacer à son travail, Abby n'a pas
le cœur de refuser. Certes, l'idée de jouer les serveuses
dans un cabaret ne l'enchante guère, mais après tout,
il ne s'agit que d'un petit service sans conséquence.
Du moins le croit-elle...

UN RENDEZ-VOUS À NE PAS MANQUER...

Tendre mensonge

SHARON KENDRICK

Tendre mensonge

COLLECTION AZUR

Si vous achetez ce livre privé de tout ou partie
de sa couverture, nous vous signalons qu'il est
en vente irrégulière. Il est considéré comme
« invendu » et l'éditeur comme l'auteur n'ont
reçu aucun paiement pour ce livre « détérioré ».

Cet ouvrage a été publié en langue anglaise
sous le titre :
SEDUCED BY THE BOSS

Traduction française de
ÉLISABETH MARZIN

HARLEQUIN ®

est une marque déposée du Groupe Harlequin
et Azur ® est une marque déposée d'Harlequin S.A.

Toute représentation ou reproduction, par quelque procédé que ce soit, constitue-
rait une contrefaçon sanctionnée par les articles 425 et suivants du Code pénal.
© 2000, Sharon Kendrick. © 2001, Traduction française : Harlequin S.A.
83-85, boulevard Vincent-Auriol, 75013 Paris — Tél. : 01 42 16 63 63
Service Lectrices — Tél : 01 45 82 47 47
ISBN 2-280-04821-3 — ISSN 0993-4448

1.

Tout avait commencé par une lettre...

Ce matin-là, comme chaque matin, Megan triait le courrier de son patron lorsqu'elle découvrit l'enveloppe. Une enveloppe rose comme les précédentes, assez épaisse, et sur laquelle une écriture désormais familière, avait tracé avec soin le nom de Dan McKnight à l'encre violette.

Encore une de ces mystérieuses missives. Une lettre d'amour, sans doute...

Elle la soupesa en souriant. Que ce bourreau de travail froid et exigeant, dont elle était l'assistante, reçût des missives aussi extravagantes était stupéfiant ! Cet ours serait-il donc humain ? Et capable de séduction ? Une perspective d'autant plus étonnante que, depuis trois mois qu'elle travaillait chez Softshare, Megan ne l'avait quasiment jamais vu sourire.

Pourtant, en dépit du caractère ombrageux de son patron, elle ne cessait de se féliciter de sa chance. L'atmosphère qui régnait chez cet éditeur de logiciels à la pointe de la technologie était très stimulante, et le salaire qu'elle avait obtenu dépassait toutes ses espérances. Quant à Dan McKnight, il ne possédait heureusement pas que des défauts. Aussi exigeant envers lui-même qu'envers les autres, il faisait preuve d'une extrême rigueur, mais n'hésitait pas, en contrepartie, à laisser une grande liberté à ses collaborateurs.

Les emplois aussi gratifiants n'étaient pas si fréquents et, chaque matin, Megan remerciait le ciel d'avoir trouvé celui-là.

Par ailleurs, le personnel de Softshare était à quatre-vingt-dix pour cent masculin : le rêve pour une célibataire. En théorie, du moins... Car, dans les faits, tous les hommes de la société semblaient interchangeables : dans le secteur de l'informatique, réputé pour son anticonformisme, jean et queue-de-cheval constituaient l'uniforme de rigueur.

Un seul se distinguait de la foule : Dan McKnight. Réfractaire à l'uniforme, il se rendait régulièrement chez le coiffeur et ne portait que des costumes gris à la coupe impeccable. Il fallait bien reconnaître qu'il avait de la prestance. Dommage que Megan n'éprouvât aucune attirance pour lui !

La lettre à la main, elle tressaillit en entendant la porte du bureau s'ouvrir. Dès qu'elle découvrit Dan McKnight, elle se redressa sur son siège comme elle le faisait à l'école lorsque le directeur pénétrait dans la classe.

Son patron n'avait-il pas quelque chose d'un directeur d'école avec son air sévère et autoritaire ?

Beaucoup plus grand que la moyenne, il possédait une stature d'athlète qui conférait encore plus de chic à ses costumes, assortis au gris de ses yeux. Ses cheveux noir de jais accentuaient la fermeté de son visage taillé à la serpe, toujours impassible.

Seule sa bouche contrastait avec la dureté qui se dégageait de tout son être. Ses lèvres étaient trop pleines — trop sensuelles. Comment pouvaient-elles appartenir au même visage que ce regard froid et perçant ? Décidément, Dan McKnight restait un mystère pour Megan.

Tout ce qu'elle avait pu apprendre à son propos, c'était qu'il était célibataire, vivait dans un des quartiers les plus huppés de Londres, et faisait partie des esprits les plus brillants de l'industrie informatique.

— Bonjour, Dan, dit-elle poliment.

Plongé dans ses pensées, Dan McKnight sursauta. Il examina un instant son assistante, puis esquissa un vague sourire.

Oui, cette fille était parfaite, songea-t-il. Travailleuse. Enthousiaste. Et pas trop coquette.

D'ailleurs, s'il avait encore eu des doutes à ce sujet, la façon dont elle était vêtue aujourd'hui aurait achevé de le convaincre : le pull crème informe qu'elle portait sur un pantalon beige n'était vraiment pas flatteur pour son teint laiteux. Mais ce n'était pas pour lui déplaire, au contraire. L'efficacité constituait la qualité essentielle d'une secrétaire. Et, de ce point de vue, il n'avait rien à lui reprocher.

— Bonjour, Megan, répondit-il en posant son attaché-case.

— Comment était la pièce ?

Il fronça les sourcils, surpris. Lui avait-il confié qu'il allait au théâtre ?

— Pas mal.

— Je suis certaine que l'auteur serait ravi de cette critique enthousiaste, fit-elle observer avec un sourire. Pour ma part, je l'ai vue la semaine dernière, et je l'ai trouvée formidable.

— Vraiment ? Quelle coïncidence ! répliqua-t-il d'un ton glacial.

S'il avait eu une seule critique à adresser à Megan Philips, elle aurait concerné ce besoin irrépressible qu'elle avait de toujours bavarder à propos de tout et de rien. La musique, les journaux, l'économie... Tout semblait la passionner.

Et parfois — à son grand dam — il lui arrivait de se laisser aller à discuter avec elle !

— Peut-être pourrions-nous nous mettre au travail ? suggéra-t-il, la mine soudain renfrognée.

Ce que Megan interpréta comme une invitation à se taire. Malheureusement, elle avait toujours beaucoup de mal à obtempérer — sans doute parce qu'elle avait grandi au sein d'une famille nombreuse où le silence n'était pas de mise.

— Voulez-vous que je prépare du café, auparavant? proposa-t-elle.

Il secoua la tête.

— Pas pour moi. Je viens juste de prendre mon petit déjeuner.

— Très bien.

Brandissant l'enveloppe rose qu'elle tenait encore à la main, elle ajouta :

— Regardez ce qui est arrivé au courrier ce matin.

Les traits de son patron se crispèrent lorsqu'il aperçut la missive.

— Encore une, souligna-t-elle.

Il lui jeta un regard noir.

— Mettez-la avec le reste du courrier, s'il vous plaît.

Megan avait des scrupules. De toute évidence, cette lettre avait fait l'objet des plus grands soins de la part de la personne qui l'avait envoyée. Elle méritait tout de même mieux qu'un regard dédaigneux !

— Vous n'avez pas l'intention de la lire ?

Il pivota, exaspéré.

— Pardon ?

— Eh bien, j'ai remarqué plusieurs autres enveloppes semblables...

— Et alors? coupa-t-il d'un ton cinglant.

— Vous n'avez même pas pris la peine de les lire.

— Vous semblez insinuer que je fais preuve de négligence. Figurez-vous que c'est une omission délibérée de ma part.

La curiosité de Megan fut piquée. Quelle personne saine d'esprit était capable de résister à une enveloppe manuscrite ?

— Puis-je vous demander pourquoi ?

— Non ! Vous êtes ici pour assurer mon secrétariat, pas pour me harceler de questions ! Vous voulez bien me rappeler le programme de la matinée, s'il vous plaît ? Et mettre cette enveloppe avec le reste du courrier, comme je vous l'ai déjà demandé. Merci beaucoup.

Serrant les dents derrière un sourire forcé, Megan obéit.

— Vous avez eu deux appels du Japon et un de la République tchèque. Par ailleurs un membre du gouvernement a laissé un message demandant que vous le rappeliez au plus vite.

— Entendu. Quoi d'autre ?

— Vous avez rendez-vous avec Sam Tenbury pour discuter du sponsoring d'un tournoi de tennis. Vous déjeunez ensemble...

— Où ?

Megan eut un sourire confiant. Elle avait demandé à une autre secrétaire le nom du meilleur restaurant du quartier. Même le très difficile Dan McKnight ne pourrait rien trouver à redire à son choix.

— J'ai réservé dans ce restaurant au bord de la Tamise...

— Annulez.

— Mais...

— Annulez la réservation, répéta-t-il d'un ton sec. Cet endroit est surfait. L'éclairage y est catastrophique, la musique insupportable, la nourriture médiocre. Et, pour couronner le tout, il est hors de prix. Tout ce que je veux, c'est manger rapidement pour parler affaires au plus vite.

— Le problème, c'est que je ne connais pas d'autres restaurants dans le quartier. Avez-vous des suggestions ?

Dan brancha son ordinateur portable.

— Pourquoi ne mangerions-nous pas ici ?

Megan se vit en train de faire le service. Peut-être même exigerait-il qu'elle confectionnât elle-même les sandwichs ?

— Dans le bureau ?

Il lui adressa le regard qu'il réservait d'habitude aux gens qu'il estimait particulièrement obtus.

— Non, Megan. Je pensais à la cantine.

— Oh.

— La nourriture y est très correcte, et on ne risque pas d'avoir l'esprit embrumé par l'alcool puisqu'on n'y sert que de l'eau et de la limonade.

Pauvre Sam Tenbury! songea Megan. S'il espérait se faire offrir un festin par Softshare, il allait être déçu!

— Très bien. Je vais annuler la réservation. Espérons que Sam ne s'attendait pas à ce que vous le régaliez.

Dan lui lança un regard désapprobateur.

— Pourquoi s'y attendrait-il? Vous devez pourtant connaître la philosophie de la société, Megan. Depuis combien de temps êtes-vous ici? Un mois?

— Presque trois mois.

Il avait vraiment le don de lui donner l'impression qu'elle était invisible! Avait-il cultivé cette façon qu'il avait de regarder à travers les autres ou était-ce naturel?

Il s'assit derrière son bureau et étira ses longues jambes.

— Qu'avez-vous appris pendant ces trois mois?

On aurait cru un professeur en train de faire passer un examen à une élève un peu trop dissipée! Mais Megan tenait bien trop à sa place pour le lui faire remarquer. Aussi, est-ce avec le plus grand sérieux qu'elle répondit:

— L'austérité est l'un des principes essentiels de Softshare. Chez Softshare, les directeurs voyagent en classe économique, et les bureaux ne ressemblent pas à des palaces.

— Pour quelle raison?

— Parce que Softshare réinvestit tous ses bénéfices dans la recherche, afin de conserver son avance sur ses concurrents, récita-t-elle avec docilité.

— Très bien, Megan, marmonna-t-il, le regard fixé sur son écran.

— Ai-je mérité une bonne note? ne put-elle s'empêcher de murmurer.

Mais Dan ne l'entendit pas. Il était bien trop fasciné par les chiffres qui s'affichaient devant lui, et qu'il contemplait comme d'autres regardent des créatures de rêve.

Elle se détendit dans son fauteuil.

Leur bureau, clair et spacieux, avait été aménagé par un spécialiste, qui avait eu la mauvaise idée de disposer leurs deux tables face à face, obligeant Megan à affronter à chaque instant ce regard gris ardoise qui la mettait si mal à l'aise. Sans compter qu'il est assez difficile de se vernir les ongles en téléphonant à une amie — même pendant l'heure du déjeuner — lorsqu'on a son patron juste devant soi !

Certes, elle bénéficiait d'un certain répit lorsque Dan partait en voyage d'affaires. Mais, hélas ! il détestait les déplacements inutiles et ne quittait son bureau qu'en cas d'extrême nécessité.

Cela faisait plusieurs heures qu'ils travaillaient sans un mot, quand l'estomac de Megan se mit à se manifester.

— Que diriez-vous d'un thé à la menthe ? proposa-t-elle d'un ton plein d'espoir.

Il eut une grimace de dégoût.

— Non, merci. En revanche, je prendrais bien ce café dont vous parliez tout à l'heure — noir et bien fort, comme d'habitude.

— Trop de caféine risque de vous rendre irritable, Dan...

— Je n'ai pas besoin de café pour ça ! Vous y parvenez très bien toute seule, Megan, répondit-il sans lever la tête.

Préférant ne rien répliquer, Megan alla chercher le café — noir ébène et sans sucre. Etait-ce ce breuvage amer qui permettait à son patron de rester aussi alerte toute la journée ? Et aussi mince ?

Elle déposa la tasse devant lui et mangea une pomme pendant qu'il téléphonait à Tokyo. Chaque fois qu'elle croquait un morceau de fruit, il fronçait les sourcils.

A midi, la réceptionniste appela pour annoncer que Sam Tenbury attendait au rez-de-chaussée. Dan s'étira en bâillant et se leva.

Tandis qu'il enfilait sa veste, Megan se surprit à se demander qui il avait emmené au théâtre, et à quelle heure s'était terminée la soirée. Et surtout de qui étaient ces lettres qu'il ne daignait pas ouvrir.

— Vous savez où me trouver en cas de besoin. Je serai de retour dans une heure environ, annonça-t-il avant de sortir et de refermer la porte derrière lui.

Après son départ, Megan entreprit de régler les derniers détails concernant une réunion prévue à l'extérieur, le mois suivant.

Elle était sur le point d'entamer son sandwich — confectionné par ses soins, comme tous les matins, avant son départ pour le bureau — lorsque le téléphone sonna.

— Bonjour. Bureau de Dan McKnight. En quoi puis-je vous être utile ?

Il y eut une pause. Puis une voix féminine, très jeune, demanda, hésitante :

— Est-il là ? D... Dan, je veux dire.

— Non, il est en réunion.

— Oh, je vois.

Son interlocutrice semblait si déçue que Megan ne put s'empêcher de lui venir en aide en demandant :

— Puis-je prendre un message ?

— Non, merci.

— Au moins votre nom, pour l'informer que vous avez appelé ?

— Non, merci, cela n'a pas d'importance.

Ces paroles avaient été prononcées d'un ton si abattu que Megan insista :

— En êtes-vous certaine ? Je peux prendre un message, vous savez. M. McKnight ne devrait pas tarder.

— Je... ne sais pas si cela sera très utile...

Ce n'était pas pour rien que Megan était l'aînée de cinq

14

enfants : elle sentait bien lorsque quelqu'un avait besoin de s'épancher.

— Vous pouvez me parler, assura-t-elle d'une voix douce.

— Savez-vous s'il reçoit... tout son courrier ? demanda alors la voix.

A cette question, Megan sentit son cœur se serrer. Comment n'y avait-elle pas pensé plus tôt ? Bien sûr, cette femme était l'expéditrice des enveloppes roses ! Comment allait-elle lui annoncer, à présent, que ses lettres étaient bien arrivées, sans lui révéler que Dan McKnight n'avait même pas pris la peine de les lire.

— Vous savez, M. McKnight reçoit tous les jours une montagne de courrier, commença-t-elle.

Jusque-là, pas de mensonge.

— ... Et il a été submergé de travail, ces derniers temps.

Ce qui était également la stricte vérité.

— Si bien qu'il n'a peut-être pas eu le temps de tout lire.

Cette explication sonnait-elle aussi faux aux oreilles de la mystérieuse correspondante qu'aux siennes ?

— Oui, acquiesça la voix avec découragement. C'est sans doute la raison pour laquelle je n'ai pas de nouvelles.

— Dans ce cas, pourquoi ne pas laisser votre nom pour qu'il vous rappelle à son retour ?

Un petit rire désabusé se fit entendre à l'autre bout du fil.

— Merci, ce n'est pas la peine. Je dois le voir ce week-end, de toute façon. J'aurai tout le temps de lui parler. Merci de votre gentillesse, ajouta la jeune femme avant de raccrocher.

Touchée par le chagrin contenu dans la voix de l'inconnue, Megan termina son sandwich en réfléchissant au discours qu'elle allait tenir à Dan à son retour.

Lorsque celui-ci pénétra dans le bureau, il eut la surprise de trouver sa secrétaire en train de rêvasser. Et au lieu de replonger le nez dans ses dossiers en le voyant — comme il s'y attendait —, elle lui décocha un regard si arrogant qu'il se demanda s'il n'avait pas porté un jugement trop hâtif sur ses compétences.

A quoi jouait-elle donc aujourd'hui ? Ce matin déjà, elle lui avait mis les nerfs à vif en se mêlant de ce qui ne la regardait pas avec cette histoire d'enveloppe rose. Ne pouvait-elle donc pas le laisser tranquille avec ces lettres ? Il avait assez mauvaise conscience comme ça sans qu'elle s'en mêlât...

Pourtant, lors des tests d'embauche, Megan Philips avait fait preuve d'efficacité, d'esprit d'initiative, et de sens des responsabilités — qualités indispensables pour qui souhaitait travailler chez Softshare. Surtout, elle avait paru posséder une qualité essentielle à ses yeux : la discrétion. Aussi bien intellectuelle que physique, d'ailleurs... Non que Megan Philips fût laide. Elle était juste ordinaire, et ne se souciait pas de s'embellir. Jamais maquillée, toujours en pantalon — sans doute pour dissimuler des chevilles trop épaisses —, elle ne faisait preuve d'aucune féminité. Ce qui était parfait, en ce qui le concernait.

Ne s'était-il pas, en effet, imposé une règle très stricte à ce sujet ? Ne jamais avoir d'aventures avec ses collègues ou subordonnées féminines. Et ne jamais leur faire de confidences sur sa vie privée.

Refroidie par l'air peu engageant qu'affichait son patron, Megan décida de se concentrer sur son travail en attendant un moment plus propice pour lui faire part du coup de téléphone de la mystérieuse inconnue. Finalement, l'après-midi s'achevait lorsqu'elle se décida à aborder le sujet.

— Dan ?

— Oui ?

— Votre amie a appelé pendant que vous étiez sorti.

Il leva la tête et lui jeta un regard circonspect.

16

— Ah bon?

— Oui.

Le ton qu'il avait employé n'était pas très engageant...
Elle attendit qu'il lui donnât des éclaircissements, mais,
plongé dans ses pensées, il paraissait presque l'avoir
oubliée.

— De quelle amie s'agit-il? demanda-t-il soudain.

— Laquelle? répéta Megan, choquée. Parce que vous
en avez plusieurs?

— J'ai un tas d'amis des deux sexes, en effet,
acquiesça-t-il d'une voix suave. Pas vous?

— Oh... Oui, bien sûr.

Il continua à la regarder d'un air interrogateur.

— Alors, qui était-ce?

Megan se mordit la lèvre. Cela aurait été tellement plus
simple si elle avait réussi à persuader son interlocutrice
de lui communiquer son identité.

— Je l'ignore.

— Vous voulez dire que vous n'avez pas pensé à lui
demander son nom?

— C'est-à-dire que...

— L'incapacité à noter correctement un message est
un défaut exaspérant chez tout être humain, mais chez
une secrétaire, cela frise la faute professionnelle! fit-il
observer avec colère.

Megan hésita: devait-elle protéger son emploi ou la
mystérieuse correspondante? Certes, ce poste était le
mieux payé qu'elle eût jamais trouvé, et elle ne connaissait la jeune femme ni d'Eve ni d'Adam.

Pourtant, la solidarité féminine...

Avec ostentation, elle posa les yeux sur le tiroir dans
lequel Dan avait rangé les enveloppes roses — dans
l'espoir sans doute qu'elles finiraient par se volatiliser s'il
les y laissait assez longtemps.

— Elle m'a dit qu'elle vous avait écrit, mais que vous
n'aviez pas pris la peine de lui répondre.

— Oh, vraiment? commenta-t-il d'un ton qui lui fit
froid dans le dos. Et à part ça?

— Qu'elle devait vous voir ce week-end et qu'elle en profiterait pour vous parler.

Dan poussa un soupir.

— Je vois.

Toujours au nom de la solidarité féminine, Megan fit une dernière tentative.

— Elle semblait très... peinée.

Le reproche contenu dans cette remarque n'échappa probablement pas à Dan, qui répondit :

— Et alors ?

Megan se mordit la lèvre inférieure. Puisqu'il lui demandait son avis, pourquoi ne pas le lui donner ?

— Je pense que vous devriez avoir au moins la politesse de lui répondre.

A cette remarque, Dan faillit éclater de rire. Voilà qu'il se faisait insulter, à présent ! Et par sa propre secrétaire ! Car même si elle y avait mis les formes, Megan venait ni plus ni moins de le traiter de goujat.

— C'est vraiment ce que vous pensez ? ironisa-t-il. Il ne vous est pas venu à l'esprit, par hasard, que je pourrais avoir une bonne raison de laisser toutes ces lettres sans réponse ?

— Certains hommes aiment se faire désirer. Peut-être êtes-vous de ceux-là ?

Dan éprouvait de plus en plus de difficulté à cacher son irritation.

— Je vois que vous avez de moi une très haute opinion.

— Ce n'était qu'une hypothèse, répondit Megan en haussant les épaules. Je ne vous connais pas assez.

— En effet ! Parce que si vous me connaissiez, vous sauriez que je n'ai pas besoin d'encourager la passion d'une adolescente pour me rassurer sur mon pouvoir de séduction !

— Adolescente ? s'exclama Megan d'un air offusqué.

— Inutile de prendre ce ton outré ! J'ai trente-trois ans et je suis loin d'être gâteux. Quant à elle, elle a à peine vingt ans.

— Et vous avez eu une liaison avec elle, n'est-ce pas ? conclut Megan.

Pourquoi les remarques de sa secrétaire l'irritaient-elles à ce point ? Peut-être était-ce parce qu'il n'avait pas l'habitude d'être jugé aussi ouvertement ? Et par une quasi-inconnue, de surcroît ! En tout cas, quelle que soit la raison de sa colère, il avait toutes les peines du monde à la contenir...

— C'est insensé ! A vous entendre, on me prendrait pour Barbe-Bleue ! Non, je n'ai pas de liaison avec elle — les collégiennes ne m'ont jamais attiré.

— Alors quelles sont vos relations ? Et où est le problème ?

Dan soupira. Certes, il s'était toujours donné pour directive de ne jamais mélanger vie privée et vie professionnelle. Mais maintenant que Katrina l'avait appelé au bureau, mieux valait peut-être expliquer la situation à sa secrétaire plutôt que lui laisser supposer le pire...

— Son nom est Katrina. Et elle croit être amoureuse de moi.

— Ah bon ? Pourquoi ?

Il ne put s'empêcher d'éclater de rire. Si par hasard il s'était fait des illusions sur l'infaillibilité de son charme naturel, cette simple question les aurait réduites à néant !

La réprobation qui obscurcissait les immenses yeux noisette fixés sur lui mit brusquement fin à son hilarité. Il sentit la colère l'envahir de nouveau.

— A votre avis ? Parce que je l'ai séduite quand elle se promenait encore en couches-culottes, bien sûr !

— Dan !

— N'est-ce pas ce que suggère votre regard accusateur ?

— Non.

— Pourtant, vous avez de toute évidence pris son parti.

— Je n'ai pris le parti de personne ! Elle m'a fait de la peine, c'est tout.

— Alors que vous ne la connaissez pas et que vous me connaissez à peine ? Laissez-moi vous dire que vous vous faites une idée complètement erronée de la situation !

— Peut-être. Mais il est très facile d'y remédier. Pourquoi ne pas m'expliquer de quoi il retourne ?

Dan eut une moue dubitative. Son éducation le portait à penser que dévoiler ses sentiments était un signe de faiblesse. Quant à se confier à un étranger, cela revenait à faire preuve de la plus basse complaisance...

D'un autre côté, il ne pouvait plus continuer à pratiquer la politique de l'autruche, alors que la situation menaçait de lui échapper. Et puis, quel mal y aurait-il à se confier à sa secrétaire ?

— Ce n'est peut-être pas une mauvaise idée, admit-il alors.

Se calant dans son fauteuil, il étudia Megan avec la plus grande attention avant de poursuivre, un sourire mi-agacé, mi-soulagé sur les lèvres :

— D'accord. Je vais vous raconter toute l'histoire.

2.

— C'est l'histoire d'une petite fille qui a grandi dans un univers exclusivement féminin, commença Dan.

A ces mots, Megan ne put s'empêcher de songer à sa propre enfance, à l'opposé de ce qu'il était en train de décrire. Car dans sa famille, au contraire, il n'y avait que des hommes. Des garçons, plus exactement : ses quatre petits frères, sur lesquels elle avait été chargée de veiller.

Mais, Dieu merci ! perdre sa mère aussi jeune n'était pas courant. Chassant de son esprit des souvenirs douloureux, Megan plongea son regard dans les yeux gris de son vis-à-vis.

— Il s'agit de Katrina, je présume ?

— C'est exact. Sa mère et elle vivaient près de chez nous. Ma mère est sa marraine, et je la connais pratiquement depuis qu'elle est née.

— Je vois, dit Megan en hochant la tête.

— Sa mère est une actrice extrêmement belle et imbue de sa personne, poursuivit-il avec une nuance de désapprobation dans la voix. Or, comme pour beaucoup de femmes de ce genre, la naissance de sa fille fut pour elle une catastrophe.

Megan ouvrit des yeux ronds.

— Ah bon ? Pourquoi ?

Dan se sentit un peu décontenancé par sa surprise. Sa

secrétaire ignorait-elle donc les rapports de rivalité qui existent entre une mère et sa fille ?

— Parce que les filles ont une fâcheuse tendance à grandir, et deviennent une preuve vivante du passage des années. Or, quoi de plus angoissant pour une actrice que de vieillir ?

— Je vois, acquiesça Megan. Je n'avais jamais considéré la question sous cet angle.

Elle le regarda avec un air perplexe, fascinée par l'étrangeté de la situation. Dan McKnight était en train de lui faire des confidences !

— Et quel est votre rôle dans tout ça ? demanda-t-elle.

C'était la question qu'il se posait depuis quelque temps... sans trouver de réponse.

Il fronça les sourcils.

— Quand elle était toute petite, Katrina a pris l'habitude de me suivre partout lorsque j'étais chez moi. Ce qui n'arrivait pas assez souvent pour qu'elle se rendît compte par elle-même que les idoles ont souvent des pieds d'argile...

— Vous voulez dire que vous étiez son idole ?

Que répondre à cela ? songea Dan. Qu'il était toujours son idole ? Nul doute que Megan en déduirait qu'il était d'une arrogance insupportable... Quoi qu'il en soit, elle aurait pu se dispenser de prendre un ton aussi surpris pour poser cette question !

— Je pense, oui. Elle était en adoration devant moi.

Il ne pouvait d'ailleurs nier qu'il aimait bien Katrina. Et qu'il était d'autant plus flatté par son admiration qu'elle représentait pour lui la petite sœur qu'il n'avait jamais eue.

Hélas, ce n'était pas avec des yeux de sœur qu'elle le regardait...

— Comment avez-vous réagi ?

Avec un soupir, Dan pensa qu'il n'avait probablement pas adopté la bonne stratégie en s'imaginant qu'il lui suffirait d'ignorer l'obsession de la jeune fille pour qu'elle finisse par disparaître.

— Eh bien, je me suis toujours comporté avec elle de la même manière.

— C'est-à-dire?

— Comme un grand frère, je suppose.

— Il n'y avait donc aucune ambiguïté dans vos rapports?

— Pas de mon côté, en tout cas! La différence d'âge entre nous est beaucoup trop importante. Nous n'avons rien de commun.

— Combien d'années vous séparent, exactement?

— Treize.

— C'est beaucoup, en effet. Mais on a déjà vu pire, commenta Megan.

Dan lui jeta un regard agacé.

— Soyez réaliste, enfin! Lorsqu'elle n'était encore qu'une gamine de cinq ans, j'entrais à l'université. Croyez-vous que chaque fois qu'elle venait chez moi, nous avions de grandes discussions autour d'une tablette de chocolat?

Surprise par la fougue de sa réaction, Megan faillit lui faire remarquer qu'il n'avait aucune raison de s'en prendre à elle. Puis elle se ravisa: pour une fois qu'il consentait à se livrer un peu, elle n'allait pas le braquer.

— Bien sûr que non, reconnut-elle.

Devant son calme, la colère de Dan parut retomber.

— En tout cas, reprit-il avec un haussement d'épaules, lorsqu'elle a atteint quinze ans, j'en avais vingt-huit...

— Je suppose que la différence d'âge s'est de moins en moins sentie au fil du temps, l'interrompit Megan d'un air songeur.

— C'est en tout cas ce qu'a pensé Katrina.

— A-t-elle...?

Elle choisit ses mots avec soin.

— ... A-t-elle décidé tout à coup qu'elle était amoureuse de vous, ou s'est-il passé quelque chose de spécial?

Il fronça les sourcils.

— Quoi, par exemple?

— Eh bien...

— Vous croyez que je lui ai fait des avances ?

— Non, bien sûr que non.

Mieux valait se montrer diplomate.

— Du moins, pas de façon consciente...

Face au regard circonspect de Megan, Dan faillit de nouveau exploser. Mais, après tout, n'avait-elle pas raison ? Etait-il vraiment aussi irréprochable qu'il avait envie de le croire ? Et si, sans le vouloir, il avait donné de faux espoirs à Katrina pendant toutes ces années ? Il fouilla dans sa mémoire... et secoua la tête.

— Non, conclut-il avec fermeté. Je n'ai jamais rien fait qui ait pu prêter à confusion.

— Vous rappelez-vous à quel moment les choses ont pris une tournure plus sérieuse ?

Il tenta de se souvenir avec précision quand ce béguin de collégienne avait commencé à prendre des proportions inquiétantes.

— Je lui ai offert un collier pour son dix-huitième anniversaire. Il me semble que c'est à partir de ce jour qu'elle a commencé à se montrer plus pressante.

— Quand était-ce ?

— Il y a presque deux ans.

Megan hocha la tête d'un air impressionné. Ce n'était donc pas une passade. Deux ans d'amour non partagé, quelle dévotion !

— Quel genre de collier lui avez-vous offert ?

— Un collier de perles.

Ce collier, Dan l'avait acheté sur les conseils de sa mère. Il lui avait coûté une petite fortune, d'ailleurs. Bien plus que ce qu'il avait prévu de dépenser à l'origine. Et lorsqu'il avait tendu l'écrin à Katrina, elle l'avait regardé avec stupéfaction. Après l'avoir ouvert, elle s'était jetée à son cou et l'avait serré avec tant de fougue qu'il avait été obligé de se dégager de son étreinte.

— De très belles perles, précisa-t-il.

— Eh bien, voilà pourquoi ! Vous lui avez adressé un message trompeur.

— Que voulez-vous dire?

— Les femmes attachent bien plus d'importance aux bijoux que les hommes. Pour vous, ce collier n'était sans doute rien de plus qu'un gage d'amitié destiné à célébrer un anniversaire important.

— C'est exact.

— Alors que pour beaucoup de femmes, les bijoux ont une grande valeur sentimentale, précisa Megan.

Même elle savait cela.

— D'où vous est venue l'idée de lui offrir des perles?

Dan s'agita sur son siège, soudain envahi par un sentiment désagréable. Comment avait-il pu faire preuve d'un tel aveuglement? Il s'était tout simplement laissé manipuler!

— Ma mère me l'a suggéré, avoua-t-il.

— Oh, je vois. Votre mère doit beaucoup aimer Katrina.

— En effet, répondit Dan, pensif. Ainsi, Katrina s'imaginerait qu'elle est amoureuse de moi parce que je lui ai offert un bijou de prix? Et maintenant, que dois-je faire, à votre avis?

— Refroidir sa passion.

— Comment?

Un instant, Megan fut tentée de conseiller à son patron de passer plus de temps en compagnie de la jeune fille. Nul doute que les rêves de Katrina ne résisteraient pas longtemps à son tempérament froid et maussade...

— Qu'avez-vous fait jusqu'à présent pour la décourager? demanda-t-elle

— La dernière fois que je l'ai vue, je lui ai expliqué que la différence d'âge entre nous était trop grande.

— Grossière erreur!

— Vous croyez?

— En disant cela, vous lui avez suggéré que seules les conventions mettaient un obstacle entre vous. Un amour absolu contrarié par une société rigide! Le syndrome de Roméo et Juliette. Qu'avez-vous fait d'autre?

— Je ne réponds plus à ses appels téléphoniques ni à ses lettres.

Une lueur inquiète au fond de ses prunelles grises, Dan ajouta avec réticence :

— Des lettres, par ailleurs, de plus en plus suggestives.

— L'ignorer ne peut qu'aggraver son cas, réfléchit Megan à voix haute. En outre, elle risque de s'inquiéter à l'idée de perdre votre amitié. Non, l'ignorer n'est pas la bonne attitude.

— Et que suggérez-vous ?

A cette question, Megan eut envie de rétorquer que ce n'était pas son rôle de suggérer quoi que ce fût. Mais la voix déçue de Katrina lui revint à la mémoire, et elle ressentit une immense compassion pour la jeune fille. N'avait-elle pas lu quelque part qu'un amour obsessionnel pouvait vous ronger pendant une vie entière ?

— Il existe un moyen de vous débarrasser d'elle, mais vous allez peut-être le trouver trop cruel.

Il la regarda d'un air suspicieux.

— Qu'avez-vous en tête ?

Elle sourit. Il était comme ses frères : incapable de voir une solution qui crevait les yeux !

— Il suffit de la convaincre que vous êtes amoureux d'une autre femme. C'est très simple.

— Oh, vraiment ? Et comment dois-je m'y prendre d'après vous ?

— Elle a mentionné que vous deviez vous voir ce week-end.

— Contrairement à ce que vous semblez penser, il ne s'agit pas d'un rendez-vous. Mon frère se marie dans quelques semaines et il doit se rendre chez ma mère ce week-end avec sa fiancée. J'ai l'intention d'y aller également. Et Katrina sera là.

— Emmenez quelqu'un avec vous, déclara Megan.

Dan la fixa d'un air intrigué.

— Une petite amie, précisa-t-elle. Montrez à Katrina

que vous êtes épris d'une autre femme. Il n'y a pas de moyen plus simple de lui faire comprendre que vous la considérez comme une sœur.

— Mais je n'ai pas de petite amie, objecta-t-il.

Megan poussa un profond soupir. Ce que les hommes pouvaient être obtus, parfois ! Même des hommes aussi brillants que Dan McKnight...

— Peu importe. Il suffit de faire semblant. Trouvez quelqu'un qui accepte de jouer le jeu.

— Qui ?

— Je ne sais pas ! Il doit y avoir des dizaines de femmes qui seraient ravies de jouer le rôle de votre fiancée le temps d'un week-end !

— Oui. Mais la plupart n'auraient qu'une idée en tête : garder ce rôle à vie. Je ne peux pas prendre un tel risque, affirma-t-il d'un air sombre.

Quelle arrogance ! Megan en eut le souffle coupé.

— Je suis certaine qu'il doit être possible de dénicher quelque part une femme capable de résister à votre charme pendant quarante-huit heures, monsieur McKnight !

Le ton sarcastique de sa secrétaire n'échappa pas à Dan, qui s'apprêtait déjà à répliquer quand une idée lui traversa l'esprit. Une femme qui ne ferait pas partie de son cercle d'amis... Une femme qui serait prête à entrer dans le jeu pendant deux jours, puis oublierait tout. Une femme à qui il ne plairait pas. Une femme qui...

— Pourquoi pas vous ?

Megan écarquilla les yeux de surprise.

— Moi ? Pourquoi moi ?

Bonne question. Inutile de tourner autour du pot.

— Avant tout, parce que vous ne me trouvez pas du tout à votre goût, répondit Dan. Est-ce que je me trompe ?

Megan réfléchit. Dan McKnight devait plaire à neuf femmes sur dix. Peut-être que si elle ne travaillait pas pour lui, elle-même le considérerait d'un autre œil. Mais en l'occurrence, son patron n'avait jamais hanté ses rêves. Elle secoua la tête.

— Non, vous avez raison.

— Merci de ne pas chercher à me ménager, murmura-t-il en souriant. Heureusement, c'est réciproque. Vous êtes la dernière femme au monde avec qui j'envisagerais d'avoir une relation.

Elle lui jeta un regard furieux. Il aurait tout de même pu trouver une façon plus élégante de s'exprimer !

— Merci beaucoup.

— Etes-vous libre ce week-end ?

Megan hésita. Selon une règle non écrite mais universelle, une femme célibataire à qui un homme posait cette question devait toujours répondre par la négative. Le monsieur devait alors en conclure qu'elle menait une existence passionnante, et n'était pas du genre à attendre toute la journée l'arrivée du prince charmant sur son destrier blanc.

Seulement voilà, elle avait toujours eu beaucoup de mal à proférer des mensonges. Même mineurs.

— Hmm... Oui.

— Seriez-vous d'accord pour jouer le rôle ?

— De la fiancée éperdue d'amour ?

— Oui.

Elle le dévisagea avec attention. Yeux gris et épaisse chevelure noir de jais. Un corps étonnamment mince et musclé pour un homme qui passait la plus grande partie de la journée assis devant un écran d'ordinateur...

— Non, répondit-elle d'un ton catégorique.

Il ouvrit des yeux ronds. Il lui arrivait très rarement d'être obligé de demander un service à quelqu'un. Et il n'avait pas non plus l'habitude d'essuyer des refus aussi directs. Megan Philips ne manquait pas de caractère. Curieusement, il trouva cette réaction inattendue stimulante.

— Pourquoi pas ? insista-t-il.

— Parce que je suis votre secrétaire. Je ne peux pas m'amuser à devenir votre maîtresse.

— Je n'envisageais pas de consommer cette relation,

répliqua-t-il en réprimant un sourire. Je pense que ce serait pousser le jeu un peu loin !

Megan soutint son regard moqueur sans ciller. S'il espérait la choquer avec ce genre de remarques, il se trompait lourdement. Elle n'avait pas grandi pour rien entourée d'hommes !

— Je ne sais rien de vous, fit-elle observer d'un ton égal.

— Vous avez pourtant réussi à me soutirer bien plus de renseignements que la plupart des gens que je connais, reconnut-il.

— Pas assez si nous sommes censés être amoureux.

— Demandez-moi ce que vous voulez.

— Que devrai-je faire ?

— Pas grand-chose. Partager quelques repas avec moi. Peut-être jouer un peu au tennis. Rire à mes plaisanteries. Résister à l'humour très particulier de ma mère. Me dévorer des yeux avec adoration...

— En ce qui concerne le dernier point, j'ai peur de ne pas être assez bonne comédienne pour réussir à donner l'illusion de la passion.

Il eut une moue désabusée.

— Eh bien, si la perspective de passer un week-end en ma compagnie n'est pas assez excitante pour vous décider, voici un argument qui va peut-être vous convaincre.

Il fit une pause, avant d'ajouter d'une voix suave :

— Que diriez-vous de rencontrer un acteur célèbre ?

Soulagée qu'il n'ait pas eu le mauvais goût de lui proposer de l'argent, Megan s'efforça de ne pas paraître trop intéressée. Il faisait sans doute allusion à un acteur de second ordre qui avait tourné quelques spots publicitaires.

— De qui s'agit-il ?

— Jake Haddon, annonça Dan en jubilant.

Sous le coup de la surprise, Megan resta muette quelques instants.

— *Le* Jake Haddon ? demanda-t-elle lorsqu'elle retrouva sa voix.

— Y en aurait-il plusieurs ?

Megan déglutit, plus déconcertée qu'excitée.

Non seulement Jake Haddon interprétait le rôle principal dans le plus gros succès cinématographique de l'année, mais cet anglais aristocratique au sens de l'humour subtil venait d'être élu star la plus sexy de la décennie !

— Jake Haddon sera chez votre mère ce week-end ?

— C'est exact.

Elle fronça les sourcils. Jamais aucun acteur célèbre n'était venu passer un week-end dans le ranch familial !

— C'est l'un de vos amis ?

— Oui.

Devant le regard incrédule de la jeune femme, Dan se sentit obligé de préciser :

— Il a grandi dans ma région. Nous sommes allés à l'école ensemble avant qu'il ne déménage. Depuis, nous n'avons jamais perdu le contact.

Dans quel univers vivait donc Dan McKnight pour fréquenter des gens aussi prestigieux ? Et il ne s'en était jamais vanté ! Nul doute que si Jake Haddon avait fait partie de ses amis, Megan aurait tapissé les murs de son bureau avec ses photos !

Tandis qu'il lui parlait, Dan voyait le visage de Megan s'illuminer peu à peu. Pourquoi en éprouvait-il de la déception ? Avait-il cru qu'elle réagirait autrement que la plupart des femmes ? Qu'elle ne se laisserait pas éblouir par la gloire ? Quand cesserait-il de se faire des illusions ?

— Alors ? Vous avez changé d'avis pour ce week-end ?

Le ton narquois de son patron n'échappa pas à Megan. Que s'imaginait-il donc ? Qu'elle était du genre à se pâmer devant un acteur célèbre ? Pour un peu, il aurait mérité qu'elle refuse et le laisse se débrouiller tout seul avec ses histoires.

Refuser ? Et se priver du plaisir de raconter à ses frères qu'elle avait passé un week-end entier en compagnie de

Jake Haddon? Non, c'était impossible! En fait, elle se sentait si excitée à cette perspective qu'elle avait envie de danser.

— Oui, bien sûr.

— Vous acceptez de venir?

— J'en serai enchantée.

— L'irrésistible attrait de la célébrité, murmura-t-il, sarcastique.

— Ce sera une belle histoire à raconter à mes petits-enfants, se défendit-elle.

— Assurez-vous simplement que ce ne soient pas aussi les petits-enfants de Jake.

Devant l'air indigné de Megan, Dan s'empressa d'ajouter:

— Il a une réputation de bourreau des cœurs.

Rien d'étonnant à cela, songea-t-elle. Quelle femme pourrait résister au charme de Jake Haddon? Néanmoins, une star d'Hollywood était peu susceptible de s'intéresser à une petite secrétaire ayant passé son enfance dans un ranch!

Se calant dans son fauteuil, elle esquissa un sourire. Une idole du grand écran et un chef d'entreprise poursuivi par une jeune fille qu'il veut décourager sans la blesser. Quel week-end en perspective!

3.

Ce jour-là, Megan quitta le bureau dans un état d'exaltation extrême. La chaleur était étouffante et il n'y avait pas un souffle d'air, ce qui renforçait le sentiment d'irréalité qui la poursuivait depuis sa conversation avec Dan. Venait-elle vraiment d'accepter de partir en week-end avec son patron pour jouer le rôle de sa fiancée ?

Après avoir mis son casque, elle enfourcha le scooter que son père et ses frères lui avaient offert pour ses vingt et un ans, et sur lequel elle effectuait chaque jour le trajet entre l'immeuble de Softshare et son domicile.

Un quart d'heure plus tard, elle se garait devant la petite maison qu'elle partageait avec une amie dans cette banlieue de Londres.

— Bonsoir ! cria-t-elle en ouvrant la porte.

— Je suis dans la cuisine ! répondit une voix.

Debout près du réfrigérateur, Helen équeutait des fraises qu'elle disposait en pyramide dans un plat de verre. Ravissante et pleine de vie, la colocataire de Megan travaillait comme hôtesse de l'air dans une grande compagnie aérienne, ce qui lui permettait de faire de nombreux séjours à Paris, Madrid ou Rome. Bien que toujours entourée d'une foule d'admirateurs, elle préférait rester seule. Elle se réservait pour « l'homme de sa vie », avait-elle confié à Megan.

Dès qu'elle vit la mine réjouie de son amie, elle se désintéressa des fraises.

— Que se passe-t-il?

— Que dirais-tu si je t'annonçais que je vais passer le week-end en compagnie de Jake Haddon?

Le couteau glissa des mains d'Helen et atterrit sur le sol de la cuisine. Elle se baissa pour le ramasser et le posa avec prudence sur la table.

— Que tu es tombée sur la tête ou que tu sors avec un homonyme de ce magnifique acteur que nous admirons toutes.

Megan prit une fraise et la mangea.

— Eh bien, détrompe-toi. C'est bien l'acteur, le seul et unique Jake Haddon, qui sera là.

— Et où vas-tu le rencontrer? demanda Helen, les yeux écarquillés.

— C'est une histoire un peu compliquée.

— Raconte-moi tout pendant que je prépare le thé.

Un quart d'heure plus tard, l'eau refroidissait dans la bouilloire, oubliée sur le plan de travail. Helen, bouche bée, avait les yeux fixés sur son amie.

— Tu es certaine que ce n'est pas un stratagème mis au point par ton patron pour te séduire?

Megan faillit avaler de travers la fraise qu'elle était en train de déguster.

— Si tu le voyais!

— Pourquoi? Est-il si horrible?

— Pas du tout. Il est juste...

— Juste quoi?

Megan haussa les épaules.

— Rien. Il ne m'intéresse pas, et c'est réciproque. Il me l'a dit!

— Vraiment? C'est pour cette raison qu'il t'emmène en week-end en te demandant de faire semblant d'être amoureuse de lui, sans doute?

— Tu n'y es pas du tout!

Helen lui jeta un regard dubitatif.

— Comment vas-tu t'habiller? Il risque d'avoir un choc s'il te voit porter autre chose que tes éternels pantalons informes.

— Surtout avec mes genoux cagneux!

— Combien de fois faudra-t-il te répéter que tu n'as pas les genoux cagneux? Tu n'as pas répondu à ma question. Comment as-tu l'intention de t'habiller? Ta garde-robe ne déborde pas de vêtements — et encore moins de tenues adaptées à un week-end chic à la campagne.

— Je sais, acquiesça Megan en soupirant.

Elle regarda Helen d'un air embarrassé.

Celle-ci éclata de rire.

— Ne me dis pas que tu veux m'emprunter des habits?

— Pourquoi pas? Nous faisons la même taille. Tu y verrais un inconvénient?

— Moi? Cela fait des siècles que je rêve de voir à quoi tu ressemblerais dans des tenues un peu sexy! Allons-y.

Quelques minutes plus tard, Megan, moulée dans un jean de satin bouton d'or, s'observait devant le miroir en pied de sa chambre avec une mine horrifiée.

— Helen, je ne peux pas mettre ce pantalon!

— Bien sûr que si! Il te va comme un gant, et il n'y a rien de plus branché que les jeans en satin.

Helen recula d'un pas.

— Ça au moins, c'est une tenue originale! s'écriat-elle, admirative.

— Originale? répéta Megan d'une voix faible. Je ne suis pas sûre que ce week-end sera du style *original*.

— Qui sera là — à part Jake Haddon, bien sûr?

— La mère de Dan...

— Sa mère?

— Oui. Son frère également...

— Ça promet...

Megan préféra ignorer cette réflexion.

— Il m'a dit que nous arriverions là-bas pour dîner

vendredi soir, et que nous repartirions dimanche après le déjeuner. La soirée du samedi est très habillée, mais le reste du week-end, l'ambiance sera plutôt décontractée.

— Quoi qu'il en soit, tu ne peux décemment pas mettre tes horribles pantalons de toile habituels. Il s'attend à ce que tu sois éblouissante. Différente.

— Tu crois ?

— J'en suis sûre ! Maintenant, essaie ce bain de soleil pailleté avec ce corsaire.

Megan fit une moue dubitative en examinant les vêtements qu'Helen venait de lui mettre dans les bras.

— Ecoute, je sais que je ne suis pas très au courant en matière de mode...

— C'est le moins qu'on puisse dire !

— Mais même quelqu'un comme moi sait que le rose et le vert ne vont pas du tout ensemble.

— Pardon ? Mais, ma chérie, ils sont faits l'un pour l'autre ! Le choc des couleurs, c'est la grande tendance de la saison.

— Tu es sûre ?

— Tu peux me faire confiance.

Mieux valait renoncer à convaincre Helen qu'elle ne se faisait aucune illusion sur ses chances de séduire l'acteur, même si elle mourait d'envie de le rencontrer, songea Megan.

Elle vit soudain son amie s'avancer vers elle en brandissant un tube de mascara.

— Que fais-tu ? demanda-t-elle d'un ton inquiet.

— Je suis curieuse de voir à quoi tu ressembles avec une touche de maquillage.

Bientôt, Megan eut du mal à reconnaître son visage dans le reflet que lui renvoyait le miroir. Ses yeux noisette semblaient trois fois plus grands qu'à l'ordinaire et son teint était aussi éclatant que si elle revenait d'une croisière en Méditerranée ! Sur ses lèvres, Helen avait appliqué un brillant au reflets rosés, du plus bel effet. Même ses cheveux châtains semblaient plus soyeux après un brossage énergique.

Mais Megan n'était pas sûre d'apprécier cette étrangère sophistiquée qui lui faisait face.

Quant aux vêtements multicolores éparpillés sur son lit, ils ne l'inspiraient pas beaucoup plus. Et si elle détonnait parmi les autres invités ? Ne devrait-elle pas plutôt prendre sa petite robe noire toute simple, adaptée à toutes les circonstances ? Juste au cas où...

Se sentant l'âme d'une conspiratrice, elle décida de la glisser dans sa valise le moment venu, à l'insu d'Helen.

Le lendemain, au bureau, Megan constata que Dan lui apparaissait sous un jour nouveau. Ce n'était pas très étonnant, après tout. Voilà un homme qui était capable d'inspirer une dévotion sans bornes à une jeune fille, et qui avait pour ami un acteur nommé aux oscars ! « Tâchons de faire preuve d'objectivité », se dit-elle. Etait-il séduisant, oui ou non ?

Il fallait reconnaître qu'il avait un visage intéressant. Quant à ses yeux gris, ils étaient fascinants. Mais elle ferait bien de se montrer prudente et d'arrêter de le fixer de la sorte. S'il s'en apercevait, il risquait de s'imaginer qu'elle avait un faible pour lui. Ce qui serait d'autant plus contrariant qu'il l'avait justement invitée parce qu'elle n'était pas le genre de femme à tomber amoureuse de lui.

La veille de leur départ, elle était en train d'organiser la réunion consacrée au bilan trimestriel, lorsqu'elle leva les yeux et surprit son regard intense fixé sur elle. Jamais auparavant il ne l'avait contemplée de cette manière. C'était plutôt troublant !

— Vous avez un problème ? demanda-t-elle.

Il regrettait sans doute son invitation et se demandait comment il avait pu avoir une idée aussi absurde. Jamais elle ne rencontrerait sa mère, ni son frère, ni Jake Haddon... Elle fut étonnée de l'ampleur de la déception qu'elle éprouvait à cette idée.

— Un problème? répéta-t-il, visiblement surpris. Pourquoi?

— Vous me regardiez fixement.

— Ah bon?

— Vous le savez très bien.

Il y eut une pause.

— Vous avez raison, reconnut-il. Est-ce un crime?

— Bien sûr que non, répondit-elle, sur la défensive.

— Pourtant, c'est ce que vous avez l'air de sous-entendre.

— Je ne m'habille pas pour attirer les regards. Surtout au travail.

Il hocha la tête, détaillant une fois encore le pantalon beige et le pull bleu foncé qui dissimulait les courbes de sa silhouette. Dans cette tenue austère, elle aurait presque pu passer pour un agent de la sécurité.

— C'est ce que je vois... Mais il est réconfortant de rencontrer une femme si peu vaniteuse, ajouta-t-il en souriant.

Megan eut une moue peu convaincue. Pouvait-elle vraiment considérer cette remarque comme un compliment?

Avisant le pli qui lui barrait le front, Dan décida de faire un effort, et demanda d'un ton plus doux :

— Etes-vous contente de partir en week-end?

— Je n'en suis pas certaine, avoua-t-elle alors.

En fait, Megan était rongée par le doute. Depuis quelques jours, elle avait du mal à s'endormir et passait des heures dans son lit à contempler le plafond, en cherchant ce qu'elle pourrait bien raconter à Jake Haddon. Quant à imaginer ce qu'elle allait dire à la mère de Dan, elle en était parfaitement incapable!

— En fait, je suis un peu nerveuse à l'idée d'être obligée de raconter des histoires. J'ai horreur de mentir. Qu'avez-vous dit à votre famille?

— J'ai annoncé à mon frère que je venais avec une amie.

— C'est tout?

— C'est suffisant, croyez-moi.

Son frère avait accueilli la nouvelle avec un silence éloquent...

— Le seul fait que je vienne accompagné à une réunion de famille a sans doute déjà suffi à les convaincre que c'est une relation sérieuse et à déclencher le signal d'alarme.

— Le signal d'alarme? Pourquoi? Votre famille n'a pas envie de vous voir marié?

— Je ne sais pas.

— Restez-vous toujours aussi évasif?

— Vous me trouvez évasif? s'étonna-t-il, les sourcils froncés.

— Vous êtes aussi communicatif qu'un caillou!

Suivit un long silence, après lequel Dan se décida enfin à répondre :

— A vrai dire, ma famille et moi n'avons jamais discuté de mon éventuel mariage

Ni de ça, ni d'autre chose, d'ailleurs, ajouta-t-il pour lui-même. Parler de sentiments et de vie privée n'était pas dans les habitudes de la famille.

— Je suppose qu'il est évident pour tout le monde que lorsque je me marierai...

— Oui?

— Ce sera avec quelqu'un du même milieu.

Inutile de demander quel milieu, songea Megan. Ce n'était pas très difficile à deviner.

— Quelle rigidité!

— Pas vraiment, répliqua-t-il en haussant les épaules. Après tout, le mariage est une telle loterie. Si les deux époux appartiennent au même groupe socioculturel, le couple a plus de chances de survivre.

— Vous semblez assimiler le mariage à une association d'intérêts! Le mariage n'est-il pas censé reposer sur l'amour?

Il sourit.

— Je serais navré de porter un coup fatal à votre idéalisme, Megan.

— De mon côté, je serais au contraire ravie de réduire à néant votre cynisme !

Il éclata de rire, soudain amusé. Allons, ce week-end ne serait peut-être pas aussi pénible qu'il l'avait craint !

Soudain, le téléphone retentit. Megan décrocha, et passa à Dan la communication en provenance de Rome.

Lorsqu'il raccrocha, elle prit son courage à deux mains et se décida à lui poser la question qui l'empêchait de dormir depuis plusieurs nuits.

— Dan ?

— Oui ?

Il n'avait pas détaché les yeux du dossier ouvert devant lui, de toute évidence ennuyé à l'idée de devoir encore discuter avec elle.

— C'est un sujet un peu épineux...

— Je vous écoute.

— Je suis un peu ennuyée d'aborder ce genre de détails. Peut-être est-ce parce que je suis fille de fermier que je me sens autorisée à aborder un tel sujet, mais...

Il poussa un soupir.

— Si vous en veniez au fait, Megan ?

— C'est à propos de sexe.

Sous l'effet de la surprise, il leva les yeux vers elle... Et, soudain, il se passa une chose extraordinaire.

Incrédule, il secoua la tête, comme pour chasser le souvenir de l'éclair de désir qui venait de le traverser. Que lui arrivait-il ? Ce n'était tout de même pas la terne Mlle Philips qui avait déclenché chez lui une telle réaction !

S'efforçant de dissimuler son trouble, il demanda :

— Pourriez-vous être plus précise, s'il vous plaît ?

— Eh bien, si je suis censée être amoureuse de vous...

— Oui ?

— Et vous de moi...

Il sentit son pouls s'accélérer de nouveau.

— Oui ? répéta-t-il, une pointe d'impatience dans la voix.

— Les gens vont s'attendre à ce que nous...

— Couchions ensemble ? acheva-t-il. Cela va de soi, Megan. Mais rassurez-vous, ils n'iront pas jusqu'à demander à assister à nos ébats !

Elle déglutit avec peine.

— Avez-vous besoin de vous montrer si... ?

— Si quoi ? la pressa-t-il, le regard planté dans le sien.

— Cru.

— C'est vous qui avez commencé, il me semble ! Vous, la fille de fermier, qui prétendez avoir l'habitude de ce genre de conversation. Allons, Megan, cessez de vous inquiéter. D'autant qu'il y a peu de risques que nous dormions dans la même aile.

Elle plissa le front.

— La maison est grande à ce point ?

— Ma mère est très attachée aux conventions, poursuivit-il en ignorant sa question. Sous son toit, les couples non mariés ne dorment pas ensemble. Même mon frère et sa fiancée feront chambre à part.

— Et cette attitude vieux jeu ne vous dérange pas ?

— Pourquoi cela me dérangerait-il ? Je ne vais pas là-bas si souvent, et encore moins accompagné. D'ailleurs, même si c'était le cas, je ne suis pas obsédé au point d'être incapable de me passer de relations sexuelles pendant une nuit ou deux.

En voyant sa secrétaire s'empourprer et s'absorber dans la contemplation de son bloc-notes, Dan resta un instant songeur, puis reprit d'un ton plus conciliant :

— Ne vous inquiétez pas, nous allons jouer les amants héroïques, qui savent dominer les élans de leur passion. Nous nous jetterons de temps en temps des regards brûlants de manière à faire monter la tension, mais rien de plus explicite. Pensez-vous que vous serez capable de vous en sortir ?

— Je suppose, oui, répondit-elle d'une voix hésitante.

Dan prit soudain conscience qu'il aurait pu formuler sa question plus élégamment. Mais aussi, pourquoi arborait-elle cette mine anxieuse ? On aurait dit qu'elle partait pour l'échafaud. Ce n'était pas très flatteur pour lui !

— Ne croyez-vous pas que vous auriez dû poser vos conditions avant d'accepter ma proposition ? demanda-t-il sèchement.

Elle leva les yeux vers lui.

— Peut-être. Mais il n'est peut-être pas trop tard.

Il se cala dans son fauteuil.

— Je vous écoute...

— Je suis assez bavarde...

— Je l'avais remarqué.

— Alors que vous, vous semblez avoir des problèmes pour communiquer.

— Je travaille dans l'informatique et je suis un homme, c'est peut-être une explication, ironisa-t-il.

Megan sourit.

— Vous êtes également mon patron, n'est-ce pas ?

— Et alors ?

— Alors, le temps de ce week-end, nous allons devoir modifier nos comportements. Si par hasard il m'arrivait de vous poser une question, je préférerais une réponse aimable à un regard noir. Pensez-vous que vous serez capable de vous en sortir ?

— Cela ne devrait pas poser trop de problèmes, répliqua-t-il en souriant.

— Et évitez de prendre des airs supérieurs — ce week-end, nous serons égaux. La hiérarchie n'existera plus et nous pourrons nous dire ce que bon nous semble. Mais tout ce qui arrivera au cours de ces deux jours sera automatiquement oublié dès notre retour au bureau, le lundi matin. D'accord ?

Dan se renfrogna.

— Ma voiture va-t-elle se transformer en citrouille à minuit ?

— Je sais pourquoi vous faites la moue. D'habitude,

c'est vous qui édictez les règles, et vous n'appréciez pas que quelqu'un se permette d'inverser les rôles. Surtout une femme. Ai-je tort?

Dan fut stupéfait. Autant par le ton déterminé de Megan que par sa perspicacité.

— Vous avez tout à fait raison, au contraire.

— C'est bien ce que je pensais.

— Comment savez-vous tout cela?

— Un de mes petits frères vous ressemble. Il faut toujours que ce soit lui qui commande. Vous avez pris exactement le même air que lui lorsqu'il n'arrive pas à imposer sa volonté.

Dan ne put s'empêcher de sourire. C'était pourtant l'une des remarques les moins flatteuses qu'on lui eût jamais faites...

— Je ne pense pas qu'une autre femme avant vous m'ait déjà comparé à son frère, fit-il observer en se demandant quelles autres surprises lui réservait ce weekend.

Mais puisque Megan semblait décidée à lui dire ses quatre vérités, il était peut-être temps qu'il lui rende la pareille...

— Vous ne vous maquillez jamais, Megan?

A ces mots, la jeune femme releva le menton d'un air de défi.

— Quelquefois. Pas très souvent.

— C'est étonnant, commenta-t-il.

Il était vrai que même sans maquillage, ses grands yeux mordorés étaient magnifiques.

— Pas dans le milieu d'où je viens. Au ranch, ce n'était pas indispensable. Du coup, je n'en ai jamais pris l'habitude. La plupart du temps, je n'en ai pas le courage. Pas pour venir travailler, en tout cas.

Elle lui jeta un regard incertain.

— Pourquoi. Vous pensez que je devrais?

— Je pense qu'il serait intéressant de voir à quoi vous ressemblez avec un peu de maquillage, répondit-il avec sincérité.

Ce qui décida Megan.

Jusqu'alors, elle hésitait toujours à suivre les conseils d'Helen, mais puisque Dan semblait du même avis que son amie, pourquoi ne pas oublier ses préjugés et se mettre un peu en valeur ? D'autant qu'au fond d'elle-même, elle mourait d'envie de porter les tenues qu'Helen lui avait prêtées ?

Le vendredi, ils partirent tout de suite après le travail, ce qui obligea Megan à se changer rapidement dans les toilettes. Elle enfila un pantalon de satin jaune et un corsage de soie noire, tous deux sortis de la garde-robe d'Helen. Avec ses manches trois quarts et son décolleté plongeant, ce dernier était d'autant plus seyant, qu'Helen avait insisté pour qu'elle s'achetât un soutien-gorge pigeonnant. Le résultat était aussi flatteur qu'osé... Un peu trop osé même, au goût de Megan. Mais n'avait-elle pas décidé de jouer son rôle jusqu'au bout...

Elle se brossa les cheveux et les noua comme d'habitude en queue-de-cheval. Puis, reculant de quelques pas, elle se contempla dans la glace.

Quelle métamorphose ! Au pire, si elle en ressentait le besoin, elle aurait le temps de se changer avant le dîner et de mettre sa petite robe noire !

Elle sortit des toilettes et, devant l'air ébahi de la standardiste, fut saisie par le doute. Trop tard ! De toute façon, elle n'avait plus le choix : Dan l'attendait déjà dans la voiture.

Elle ouvrit la portière et se glissa sur le siège du passager.

— Dan ?

Les pupilles de ce dernier se dilatèrent lorsqu'une cuisse fuselée, moulée dans du satin jaune canari, pénétra dans son champ de vision.

— Oui ?

— Ce que les gens risquent de penser ne vous préoccupe pas ?

Jusqu'à présent, Dan s'était en effet peu soucié de cet aspect des choses. Peut-être avait-il eu tort...

— A quel propos ? demanda-t-il d'une voix rauque

Megan s'écarta de lui le plus possible. De sa vie, elle ne se souvenait pas s'être jamais sentie aussi à l'étroit dans une voiture.

— Le fait qu'ils nous voient partir ensemble, par exemple.

— Il n'est pas rare que des secrétaires accompagnent leur patron en voyage.

— Je sais, mais c'est un peu différent, non ?

— Ce week-end n'a en effet rien d'officiel, mais je présume que vous n'avez pas l'intention de faire de la publicité autour de cette escapade, n'est-ce pas ?

— Je n'en ai parlé qu'à ma colocataire. J'ose espérer que vous ne considérez pas cette confidence comme une violation du secret professionnel ?

Il sourit. Elle était assez mignonne lorsqu'elle se tenait ainsi sur la défensive

— Vous êtes très sarcastique parfois, fit-il observer.

— C'est ce que dit toujours l'un de mes frères.

Encore une référence à sa famille, songea-t-il. Mais après tout, ils allaient bien être obligés de trouver des sujets de conversation durant le trajet.

— Combien de frères avez-vous ?

— Quatre. Je suis l'aînée.

Il haussa les sourcils.

— Votre mère devait être contente de vous avoir pour la seconder, commenta-t-il en souriant.

Elle s'éclaircit la gorge.

— Ecoutez, c'est toujours assez délicat, et je ne veux pas que vous vous répandiez en excuses parce que tout cela date d'il y a longtemps, mais ma mère est morte en couches lorsque j'avais neuf ans.

— Oh, mon Dieu !

Il eut le cœur serré en constatant qu'elle essayait de prendre un air détaché.

— Megan...

— Ce que je ne supporte pas, déclara-t-elle d'un ton farouche, c'est que les gens changent de comportement à mon égard à cause de cela. Alors, inutile de vous montrer tout à coup gentil avec moi, d'accord?

Il eut un rire forcé.

— Pourquoi? Suis-je donc si abominable, d'ordinaire?

Elle esquissa un sourire.

— Sans commentaire.

Après un silence pensif, Dan demanda:

— Qu'est-il arrivé au bébé?

Elle tourna la tête vers lui, impressionnée malgré elle. La plupart des gens n'osaient pas poser la question.

— Le *bébé* a maintenant seize ans et veut devenir ingénieur.

— Vous êtes-vous occupée de lui toute seule?

Elle hocha la tête.

— Pratiquement. Mon père était accaparé par les travaux de la ferme et les autres garçons n'étaient pas vraiment intéressés. Mais j'aimais ça. Ou, plutôt, je l'aimais, lui!

Un amour que Dan n'eut aucun mal à percevoir dans la lueur qui dansait au fond des prunelles sombres de la jeune femme. Les frères de Megan avaient une sacrée chance d'avoir grandi auprès d'une sœur aussi généreuse!

— Juste pour que vous sachiez, Megan, j'ai une idée de ce que l'on peut ressentir dans ce genre de situation. J'avais à peu près le même âge que vous au moment du décès de votre mère lorsque mon père est mort.

— Oh, je suis désolée! fit-elle avec sincérité.

Pourquoi cet aveu la réconfortait-elle? Sans doute parce que, pour une fois, elle ne se sentait pas seule, se dit-elle. Ce genre d'événement vous marquait tellement, il vous rendait différent des autres. Ou, du moins, vous donnait l'impression de l'être.

— Quel genre de musique désirez-vous écouter ? s'enquit-il avec l'intention manifeste de changer de sujet. A moins que vous ne préfériez les informations ?

— Oh non, de la musique ! Les informations sont toujours si déprimantes !

Avec un petit rire, il choisit une station diffusant du classique. Un style musical que Megan appréciait moyennement en temps normal, mais il faisait chaud dans la voiture, et, bercée par la mélodie aérienne, elle s'assoupit bientôt.

Lorsqu'elle se réveilla, le soleil n'était plus qu'un pâle reflet rose à l'horizon. Elle avait dû dormir pendant des heures !

— Vous voilà enfin réveillée, murmura une voix douce à son côté.

Megan sursauta, l'esprit encore engourdi. Tournant la tête, elle vit le profil de Dan se détacher sur le clair-obscur du crépuscule, et cligna des yeux. Avait-elle rêvé de lui ? Il lui semblait bien, mais elle n'en était pas certaine.

Il choisit ce moment précis pour ralentir.

— Quelle heure est-il ? demanda-t-elle en réprimant un bâillement.

— Bientôt 22 heures. Nous sommes en retard. Nous avons été arrêtés par des travaux pendant des heures. J'ai utilisé le téléphone de la voiture pour appeler mon frère, mais cela ne vous a pas réveillée.

Il aurait pourtant bien aimé ! Elle devait avoir fait un rêve assez particulier, parce qu'elle s'était tortillée à plusieurs reprises sur son siège en gémissant. A son grand dam, il en avait été profondément troublé.

— Etait-il contrarié ?

— Bien sûr que non ! Mais il m'a prévenu qu'ils commenceraient peut-être à dîner sans nous.

Elle fit une grimace.

— Désolé, ajouta-t-il.

— On ne peut rien y faire. Pensez-vous que j'aurai le temps de prendre un bain ?

— C'est peu probable. Mais ne vous inquiétez pas, vous êtes... parfaite.

Son regard s'attarda un instant sur les cuisses jaunes, puis il concentra de nouveau son attention sur la route.

— Parfaite, répéta-t-il.

Il s'engagea dans une allée de gravier qui semblait ne jamais devoir finir. Enfin, une imposante bâtisse de pierre apparut devant eux. Une bâtisse illuminée qui ressemblait à un château tout droit sorti d'un conte de fées.

Megan resta sans voix. Ils étaient arrivés.

4.

Megan contemplait la majestueuse demeure, fascinée. Jamais elle n'en avait vu de semblable, sauf dans des guides touristiques ou des livres d'histoire. Dire que c'était la maison dans laquelle Dan avait grandi! Pourquoi ne l'avait-il pas prévenue?

Les derniers rayons de soleil constellaient de reflets dorés les douves qui entouraient Edgewood House, et incendiaient les murs de pierre.

— Je n'arrive pas à y croire! s'exclama-t-elle. Vous habitez vraiment dans cette maison?

— J'habitais, rectifia-t-il.

— De quand date-t-elle?

— L'aile nord a été construite sous le règne de Henry VII. Les autres ont été ajoutées au fil des siècles. Le style manque d'uniformité, mais elle a quand même une certaine allure, je trouve.

— Elle est splendide, vous voulez dire!

Dan observa sa compagne à la dérobée. Fascinée par le spectacle, elle était penchée en avant, les yeux agrandis d'admiration et la bouche entrouverte. Sans qu'il s'explique pourquoi, son pouls s'accéléra.

— Vous l'aimez? demanda-t-il.

— Je l'adore! Elle est vraiment fantastique. Comment une bâtisse aussi ancienne peut-elle avoir un tel éclat?

— Vous pourrez poser la question à mon frère. C'est

une remarque qu'il fait souvent. Je crois que cela est dû à la manière dont on travaillait la pierre à l'époque. Mais Adam vous expliquera cela mieux que moi.

— Est-il plus âgé ou plus jeune que vous ?

— Plus âgé.

Il fit une pause.

— Et, selon la tradition, c'est lui qui héritera de la maison.

— Quelle chance !

— N'est-ce pas ? Il est également fiancé, ajouta-t-il d'un ton suave. Je préfère vous le rappeler.

Megan se raidit, sur la défensive.

— Ne puis-je donc pas faire une remarque innocente sans que celle-ci soit mal interprétée ? M'imaginez-vous vraiment faire des avances à votre frère parce que la maison me plaît ?

— Figurez-vous que cette demeure a tendance à exciter les convoitises, répondit-il avec froideur. Cependant, vous avez raison. C'était une supposition que je n'avais pas le droit de faire à votre sujet.

Il arrêta le moteur et se tourna vers elle. Son élan de colère lui avait rosi les joues, son regard brillait d'un éclat farouche. Oui, elle était vraiment très jolie lorsqu'elle se mettait en colère !

— Lorsque vous avez grandi dans un endroit aussi prestigieux que celui-ci, vous avez tendance à devenir méfiant, expliqua-t-il. Vous ne savez plus si les gens s'intéressent à vous pour vous-même ou pour votre position sociale.

— Pauvre petit garçon fortuné ! se moqua-t-elle. Est-ce pour cette raison que vous ne vous êtes jamais marié ? N'auriez-vous jamais rencontré une femme dont les motivations ne vous aient pas semblé suspectes ?

La question le prit au dépourvu. C'était la première fois qu'on la lui posait aussi franchement, mais nul doute qu'elle avait effleuré l'esprit de beaucoup.

— Vous êtes une femme très audacieuse, Megan Philips.

— On me reproche souvent de ne pas mâcher mes mots,

reconnut-elle en souriant. Mais vous n'êtes pas sur le banc des accusés et rien ne vous oblige à répondre.

— Il me semblait pourtant que vous m'aviez dit que, durant ce week-end, je serais obligé de répondre à toutes vos questions. En fait, je ne me suis jamais marié parce que je n'ai jamais rencontré la femme que j'aimerais épouser. C'est aussi simple que cela.

Il poussa un soupir de soulagement en voyant la porte d'entrée du manoir s'ouvrir.

— Voilà Adam, mon frère aîné. Je vous... pardon, je te rappelle qu'à partir de maintenant nous devons nous tutoyer.

Adam, qui ne paraissait pas plus âgé que Dan, était un peu moins carré que lui. Ce n'en était pas moins un homme très séduisant, pensa Megan en descendant de voiture.

Le nouveau venu se tourna vers elle avec un curieux sourire.

— Je te présente Megan, déclara Dan. Megan Philips. Comme je te l'avais annoncé, je suis venu accompagné.

— J'attendais de le voir de mes propres yeux pour le croire !

Adam tendit la main à Megan, qui vit briller dans ses yeux une lueur de surprise — si fugace qu'elle se demanda si elle ne l'avait pas imaginée. Mais non. Et cette surprise était d'ailleurs facile à comprendre, se dit-elle. Les femmes que Dan amenait d'ordinaire devaient être très élégantes et se sentir en parfaite harmonie avec ce somptueux décor. Il ne s'agissait sûrement pas de simples secrétaires arrivant directement du travail dans des vêtements empruntés à une amie !

— Je suis ravi de faire votre connaissance, Megan, la salua Adam, avec un accent presque identique à celui de son frère. Je dois dire que Dan vous a bien cachée !

— Et tu comprends pourquoi, n'est-ce pas ? demanda Dan avec enthousiasme en prenant Megan par les épaules. Tu ne la trouves pas splendide ?

Megan leva son regard vers lui pour le supplier de ne pas

trop en faire — d'autant qu'elle ne s'était jamais sentie moins splendide de toute sa vie... Mais il laissa son bras autour de ses épaules, geste à la fois désinvolte et affectueux que, curieusement, elle trouvait presque naturel.

Et très agréable...

— Splendide ! acquiesça Adam.

— Enchantée de faire votre connaissance, dit-elle en souriant.

— Je vous en prie, entrez. Soyez la bienvenue.

Megan eut le souffle coupé par la magnificence du hall, où un escalier monumental de bois sculpté montait vers les étages.

Pourquoi Dan ne l'avait-il pas prévenue que sa *maison* ressemblait à un château ? Elle n'aurait pas été surprise de voir un groupe de touristes sortir de derrière une colonne !

— Et maintenant, fit Adam à l'adresse de son frère, veux-tu que je t'apprenne d'abord la bonne nouvelle ou la mauvaise ?

— Vas-y, dit Dan en grimaçant.

— Eh bien, il y a quelques jours, mère s'est rendue auprès d'une vieille camarade d'école. Tu sais, celle qui est hypocondriaque.

— Je n'arrive pas à comprendre pourquoi mère se précipite à son chevet à la moindre alerte.

— Moi non plus. Toujours est-il que, depuis hier, la situation s'est inversée. Mère s'est foulé la cheville, et c'est son amie qui veille sur elle, à présent. Le médecin lui a interdit de voyager avant le début de la semaine prochaine. Du coup, je vous ai mis tous les deux dans la même chambre, annonça-t-il avec un sourire complice.

Megan se figea.

— Mais c'est...

— Formidable ! C'est la meilleure nouvelle de la semaine. Je suis entièrement d'accord avec toi, ma chérie, susurra Dan en se penchant vers elle.

Alors qu'elle ouvrait la bouche pour expliquer qu'il était hors de question qu'elle partageât une chambre avec lui, il posa ses lèvres sur les siennes, et l'embrassa! Et le plus inattendu, ce fut qu'au lieu de le repousser comme elle l'aurait dû, Megan lui rendit son baiser...

Son cœur se mit à tambouriner dans sa poitrine tandis que Dan, avec un troublant mélange de douceur et d'assurance, explorait sa bouche, lui donnant l'étrange impression d'être un objet à la fois précieux et fragile. Sans même s'en rendre compte, elle se pressa un peu plus fort contre lui et noua les bras autour de son cou.

Ses paupières se fermèrent, elle lui caressa la nuque. Oh, comme elle avait envie de sentir son corps contre le sien, de...

Une petite toux sèche la ramena à la réalité. Elle ouvrit les yeux et rencontra alors le regard gris de Dan qui la fixait avec intensité.

Beaucoup plus troublé qu'il ne l'aurait voulu, Dan contempla les magnifiques prunelles sombres un instant, comme hypnotisé, puis il desserra son étreinte, et se redressa avec un sourire embarrassé. Que s'était-il passé? Au départ, il s'était emparé des lèvres de Megan par jeu, juste pour se moquer de l'expression horrifiée qu'elle avait eue en apprenant qu'ils allaient partager la même chambre. Et puis... Et puis, il avait été dépassé par les événements.

Etait-ce la surprise de Megan? Son abandon inattendu? Tout à coup s'était déclenché en lui un tourbillon de sensations qu'il n'avait pu maîtriser...

La voix de son frère le sortit de ses pensées. Il s'efforça de se concentrer sur ses propos.

— Désolé de vous interrompre, s'excusait Adam, mais si vous le souhaitez, je peux me retirer dans la salle à manger et revenir dans dix minutes...

Dan se tourna vers Megan, qui avait porté les mains à ses joues brûlantes. Elle le fixait comme pour le supplier de ne rien dire qui aggraverait la situation.

— Hmm... Nous aurons tout le temps de continuer plus tard, murmura-t-il d'un ton suave, sans la quitter des yeux. Si tu veux aller te rafraîchir, ma chérie, les toilettes sont par là. Je t'attends ici avec Adam.

52

Megan ne se le fit pas dire deux fois. A peine Dan avait-il achevé sa phrase qu'elle filait à toutes jambes dans la direction indiquée. D'une main tremblante, elle ouvrit le robinet d'eau froide. Elle se sentait à la fois humiliée, en colère et... frustrée ?

Mais que diable lui était-il passé par la tête ? Pourquoi avait-elle répondu avec tant d'ardeur à ce baiser ?

Elle se regarda dans le miroir.

Quel spectacle !

Ses lèvres étaient gonflées, ses joues écarlates, et ses yeux brillaient de mille feux. Comment Dan avait-il réussi à obtenir ce résultat avec un simple baiser. Le pire, c'était qu'il ne s'agissait même pas d'un vrai baiser ! Juste d'un moyen — très efficace — de l'empêcher de parler !

Elle se lava les mains et le visage, puis retira son bandeau avant de se brosser les cheveux, qu'elle laissa retomber en boucles lâches sur ses épaules dans l'espoir de dissimuler une partie de son visage.

Après une profonde inspiration, elle retourna dans le hall, où Dan l'attendait en compagnie de son frère. Devant son air réjoui, elle sentit sa colère se réveiller. Ah, il y avait vraiment de quoi être fier !

Sans se soucier de la présence d'Adam, elle le fusilla du regard. « Vous ne perdez rien pour attendre », menaçaient ses yeux étincelants.

« Hmm ! J'ai hâte de voir ça », répondirent les prunelles grises.

Désorienté par cet échange silencieux, Adam les contempla tour à tour d'un air stupéfait, avant de déclarer, visiblement amusé :

— Je dois avouer que je n'avais jamais vu Dan aussi démonstratif. Que lui avez-vous donc fait, Megan ?

— Je suis incapable de lui résister, s'empressa de répondre Dan avant qu'elle eût pu dire un mot.

Ce qui valait sans doute mieux, car si Megan avait ouvert la bouche, Dieu sait quelles insultes elle aurait proférées !

Tandis qu'ils suivaient le long couloir qui menait à la salle à manger, elle ne décoléra pas. Après tout, c'était elle qui faisait une faveur à Dan et non le contraire. Dès qu'elle en aurait l'occasion, elle ne se priverait pas de le lui rappeler. Et de le menacer de le planter là s'il s'avisait de se comporter de nouveau de manière aussi inconvenante !

Ils arrivèrent devant une porte à double battant, qu'Adam ouvrit d'un geste théâtral en annonçant :

— Mesdames et messieurs, voici enfin nos derniers invités ! Mon frère Dan et... Mlle Megan Philips !

Megan prit une profonde inspiration. Encore une pièce au décor imposant ! Elle distingua sur la nappe immaculée une profusion de verres en cristal et de porcelaines de Chine, ainsi que deux grands chandeliers en argent. Autour de la table, cinq paires d'yeux la dévisageaient avec curiosité.

Ce qui n'avait rien de surprenant, se dit-elle devant les toilettes raffinées des trois femmes présentes. Vêtue de son pantalon de satin jaune, elle éprouva soudain la désagréable impression de s'être échappée d'un cirque.

— Ça alors ! s'exclama un homme d'un certain âge. Le jeune McKnight avec une femme à son bras. On dit qu'il y a une première fois pour tout — ce doit donc être sérieux !

— S'il vous plaît, colonel, pas de remarques de ce genre. Vous allez faire fuir Megan.

A présent que tous les regards convergeaient vers Dan, Megan put se permettre de dévisager à son tour les autres invités, en essayant de deviner leur identité.

Une femme d'âge moyen, assez rondelette, avec de multiples pierres précieuses autour du cou et des doigts, était assise à côté du colonel. Sa femme, probablement.

Deux places plus loin se trouvait une jeune femme mince, vêtue d'une robe de soie rouge. Elle avait un visage ravissant, encadré de boucles couleur de miel. Le saphir qui scintillait à sa main gauche la désignait comme la fiancée d'Adam.

A côté d'elle se tenait un jeune homme un peu effacé, qui paraissait avoir une vingtaine d'années.

« Et voici Katrina », se dit Megan en regardant la jeune fille qui contemplait Dan d'un air émerveillé, comme s'il était un dieu descendu sur terre. Fraîche comme une rose, les yeux étincelants, elle était très belle. Et extrêmement jeune.

Lorsque Dan la prit par le coude, Megan tressaillit. C'était curieux comme elle se sentait à la fois électrisée et en même temps très détendue. Comme si le contact de sa main sur sa peau était la chose la plus naturelle du monde.

— Laissez-moi vous présenter, dit-il avec une lueur étrange dans le regard. La beauté en robe rouge est ma future belle-sœur. Amanda, je te présente Megan.

La jeune femme lui fit un clin d'œil.

— Lorsque j'ai commencé à fréquenter Adam, je ne me doutais pas qu'il avait un jeune frère si beau parleur ! Enchantée de vous rencontrer, Megan.

— Moi de même, répondit Megan en souriant.

— Le colonel Maddison, poursuivit Dan.

— Charles, rectifia le colonel, les yeux brillant de malice. Je suis à la retraite, Dan. Oublions le protocole !

Dan se tourna en souriant vers la femme parée de pierres précieuses.

— Sa femme, Ruth.

— Bonjour, dit poliment Megan.

— Et voici la filleule de ma mère, Katrina Hobkirk.

C'était une manière très distante de la présenter, pensa Megan en observant la jeune fille qui couvait Dan des yeux.

Seigneur, qu'elle était belle ! Une vraie madone. Toutefois, son regard avide fixé sur Dan contrastait de manière étrange avec l'expression angélique de ses traits.

Elle était vêtue d'une robe noire qui moulait sans ostentation ses formes parfaites. Son épaisse chevelure d'ébène frôlait ses épaules, et son teint était si pâle qu'il paraissait presque blanc par contraste.

Mais ce qui était le plus impressionnant chez elle, c'étaient ses yeux. Des yeux de biche aux reflets dorés, dans lesquels transparaissait toute la profondeur de son amour pour Dan. Même la personne la plus insensible aurait pu y lire la passion qui la dévorait. Pas étonnant que l'atmosphère autour de la table fût plutôt tendue !

Si Dan avait espéré décourager ce béguin de jeune fille en amenant une femme avec lui, il semblait pour l'instant s'être lourdement trompé.

— Bonjour, Dan, dit Katrina d'une voix sourde.

— Bonjour, répondit-il en souriant. Je te présente Megan.

Les yeux de biche perdirent leur éclat et détaillèrent avec dédain le visage sans maquillage, le pantalon jaune vif, et le corsage noir au décolleté vertigineux.

Son examen terminé, Katrina salua Megan d'un bref hochement de tête, puis, estimant sans doute qu'elle avait satisfait aux règles élémentaires de la politesse, elle se détourna pour s'adresser de nouveau à Dan, le regard brûlant.

— Comment vas-tu ? Je ne t'ai pas vu depuis des siècles et tu n'as répondu à aucune de mes lettres ! Viens t'asseoir ! Je t'ai gardé une place à côté de moi.

Megan vit Dan lui jeter un regard éloquent avant d'aller s'installer à la place indiquée. Oui, elle devait bien le reconnaître, son patron ne lui avait pas menti : une vénération aussi absolue allait être difficile à décourager. D'autant que lorsqu'on était la proie d'une telle passion, on avait tendance à déformer la réalité pour la rendre conforme à ses rêves. Et, de toute évidence, Katrina avait décidé de prendre l'affection que lui portait Dan pour de l'amour.

Megan s'assit près de Dan, et se tourna en souriant vers le tout jeune homme qui se trouvait à sa droite.

— Nous n'avons pas été présentés, fit-elle remarquer d'une voix douce.

— Neil Baron, un autre ami de la famille. J'ai été invité à la dernière minute, sans doute pour faire un nombre pair, précisa son voisin, indiquant par cette remarque qu'il n'avait pas une très haute opinion de lui-même. Je suis ravi de vous rencontrer, Megan. Mes félicitations !

Megan fronça les sourcils.

— Pourquoi?

— Pour avoir réussi à séduire ce célibataire endurci, bien sûr!

— Ce n'est pas du tout ce que vous croyez! se défendit-elle tandis qu'on remplissait son verre de vin blanc.

— Que voulez-vous dire?

— Eh bien, Dan et moi ne sommes ni fiancés, ni...

— Pour l'instant, ma chérie, coupa la voix chaude de Dan.

Penché vers elle, il la fixait d'un regard étincelant de passion. Un regard si sincère que Megan songea que s'il n'avait pas choisi l'informatique, Dan McKnight aurait pu faire carrière dans le cinéma. De toute évidence, il avait des dispositions insoupçonnées...

Des dispositions qui ne suffirent pourtant pas à convaincre Katrina, qui s'exclama alors d'une voix suave:

— C'est bien ce que je pensais! Parce que si Dan se fiançait sans nous avertir, nous serions tous très fâchés!

Souriant d'un air entendu, elle ajouta:

— Surtout avec quelqu'un que nous ne connaissons pas.

Des rires gênés fusèrent autour de la table. Puis une gouvernante fit son apparition, avec deux assiettes pleines dans les mains. Le visage de Megan s'éclaira.

Elle mourait de faim!

— Encore un peu de vin? proposa Neil.

— Oui, s'il vous plaît. Je n'ai jamais eu autant besoin d'un verre!

— Pourquoi? Rencontrer la famille de Dan est-elle une perspective si terrifiante?

— Terrifiante est le mot juste.

— Il n'arrête pas de vous regarder quand il croit que vous ne le voyez pas, lui confia Neil.

Oui, elle l'avait remarqué. Elle allait d'ailleurs devoir lui dire deux mots à ce sujet. S'il continuait à jouer son rôle de manière aussi caricaturale, les autres allaient finir par soupçonner quelque chose.

Sans se douter du cours des pensées de Megan, Dan la

regarda engloutir son assiette comme si elle était affamée. Peut-être était-ce le cas, d'ailleurs ? Quant à lui, son appétit semblait s'être évanoui. Pourquoi ? Il n'en avait aucune idée. Il écouta Katrina en essayant de prendre un air attentif sans paraître trop intéressé.

Il soupira. Seigneur, que la situation était compliquée ! Et jusqu'à présent, Katrina ne semblait pas du tout considérer Megan comme une menace.

Il jeta un nouveau coup d'œil vers cette dernière, qui pouffait en écoutant Neil lequel, trop heureux d'avoir trouvé un auditoire, arborait un visage rayonnant. Certes, songea Dan, son pantalon jaune était un peu voyant, mais il représentait tout de même une nette amélioration par rapport à ses éternelles tenues passe-partout.

Il frôla son avant-bras de la main et fut un peu surpris lorsqu'elle sursauta et reposa son verre d'un geste brusque sur la table. Elle avait la chair de poule !

Intrigué par la violence de sa réaction, il l'observa un instant en silence. A la lumière des bougies, ses yeux noisette, parcourus de reflets mordorés, luisaient comme ceux d'un félin. Elle était la seule femme dans la pièce à ne pas être maquillée, et pourtant elle resplendissait...

Consciente du poids de son regard sur elle, Megan se tourna vers Dan en faisant la moue. A quoi jouait-il à la fin ? Pourquoi lui avait-il touché le bras ? Et pourquoi la fixait-il ainsi ? Parce qu'elle était la seule femme autour de la table à n'avoir pas eu le loisir de passer des heures dans la salle de bains à se préparer ?

Elle étouffa un bâillement. Elle avait bavardé avec tout le monde et le dîner s'était déroulé fort agréablement. Adam et Amanda en particulier s'étaient montrés charmants. Visiblement très amoureux, ils avaient cependant la délicatesse de ne pas exclure le reste du monde de leur conversation.

Mais la fatigue de cette longue journée commençait à se faire sentir et elle avait hâte d'aller se coucher. Même si elle appréhendait ce moment, étant donné les dispositions prises par Adam.

— Megan ?

— Oui, Dan, qu'y a-t-il ? questionna-t-elle sur un ton plus impatient qu'elle ne l'eût souhaité.

Les yeux gris de son compagnon plongèrent au plus profond des siens... Et, soudain, elle fut envahie par une sensation étrange. Une sensation tellement confuse qu'elle n'aurait pu la définir. Peut-être était-ce le fruit de son imagination ? Pourtant, elle avait tout à coup la vague impression d'avoir manqué d'honnêteté envers elle-même.

N'avait-elle pas affirmé à Dan qu'il ne lui plaisait pas ? Eh bien, plus le temps passait, plus elle se rendait compte qu'elle lui avait menti. Tout comme elle s'était menti à elle-même.

Parce que, à l'instant même, Dan était bel et bien l'homme le plus séduisant qu'elle eût jamais vu. Ses cheveux noirs qui brillaient sous la lueur des bougies, son sourire enjôleur, ses regards mystérieux, sa pose nonchalante, tout en lui la troublait profondément.

Dan vit les lèvres de Megan s'entrouvrir, et ce qu'il avait l'intention de lui dire lui sortit aussitôt de l'esprit. Pendant un bref instant, ils se regardèrent mutuellement avec une espèce d'incrédulité. Comme si...

Dan fronça les sourcils.

— Quelque chose ne va pas ? demanda-t-elle.

Il secoua la tête.

— J'étais sur le point de vous... de te poser la même question. Tu avais l'air, je ne sais pas... nerveuse.

— Cela vous... t'étonne ? demanda-t-elle à mi-voix. J'ai l'impression de...

— Dan ?

Katrina tirait avec insistance sur la manche de sa veste.

Il réprima un soupir.

— Oui ?

Il se tourna vers ce visage d'ange levé vers lui.

Cela faisait presque un an qu'il ne l'avait pas vue, et elle avait eu le temps de devenir très belle. Ce n'était plus une enfant ni une jeune fille, mais une vraie femme qui n'avait pas peur d'exprimer ses désirs. Ce qui rendait d'autant plus nécessaire cette comédie ridicule qu'il avait mise au point avec Megan...

Car si Katrina persistait dans cette passion non partagée, elle irait au-devant de cruelles désillusions. Ce qu'il voulait lui éviter à tout prix. Dans dix ans, en cas d'échec sentimental, elle se contenterait de hausser les épaules en se disant que la vie était courte et la mémoire plus courte encore, mais pour l'instant, elle était encore à un âge vulnérable...

— Puis-je goûter ta mousse au chocolat? demanda-t-elle.

Il regarda son assiette, puis ses lèvres humides qu'elle lui offrait sans pudeur. De toute évidence, elle attendait qu'il lui donne lui-même à manger. Comme un gage d'intimité, sans doute. Il ne fallait surtout pas se laisser entraîner sur ce terrain !

Il poussa son assiette vers elle.

— Sers-toi, je t'en prie.

Elle eut une moue déçue.

— Oh, Dan, tu ne veux pas m'en donner une cuillère, toi-même?

— Tu es une grande fille, à présent, répliqua-t-il d'un ton désinvolte. Tu es capable de manger toute seule.

Malgré son silence, Megan ne perdait pas une miette de leur échange — tout en écoutant d'une oreille le récit fastidieux de Neil, qui tenait à lui expliquer pourquoi il avait failli naître aux Etats-Unis.

Elle finit sa mousse au chocolat et repoussa son assiette. En fin de compte, Katrina n'était pas aussi innocente qu'elle l'avait supposé. Dan avait raison : son obsession prenait des proportions inquiétantes. Derrière ce visage de madone semblait se cacher un profond désespoir, proche de la folie. Jusqu'où Katrina était-elle capable d'aller pour obtenir ce qu'elle désirait?

— Tu sembles épuisée.

La remarque de Dan la sortit de ses réflexions.

— Je le suis.

— Tu veux monter te coucher?

Troublée par le timbre chaud de sa voix, elle ne sut quoi répondre. Lorsqu'il lui parlait avec cette douceur, elle comprenait mieux ce que Katrina pouvait ressentir...

Charles Maddison devait avoir entendu, lui aussi, car il se mit à rire.

— Voyons, Dan! Ne pouvez-vous pas attendre au moins que nous ayons bu notre porto?

Dan se leva, la main sur la nuque de Megan. Il sentit la tension qui nouait ses muscles.

— Non, je pense que je vais me passer de porto. Megan et moi avons commencé à travailler très tôt ce matin...

— J'imagine! s'esclaffa Charles avec une pointe d'envie.

Sa femme lui lança une œillade noire.

Les traits de Katrina s'étaient crispés en une expression douloureuse, comme si elle venait de recevoir un coup de poignard.

— Vous allez vous coucher? demanda-t-elle.

Dan tenta de se blinder contre la souffrance qui se lisait dans son regard.

— Oui. Nous vous souhaitons bonne nuit. A demain matin.

Il la vit tressaillir en entendant le « nous » et regretta d'être contraint de la blesser ainsi. Mais avait-il le choix?

— Allons, Megan, dit-il doucement.

A ces mots, Megan se leva à son tour, et salua les autres convives. Puis, dans un silence pesant, elle sortit de la salle à manger, un bras de Dan autour de ses épaules.

5.

Megan emboîta le pas à Dan en s'exhortant au silence. Elle avait beaucoup de choses à lui dire, mais mieux valait attendre d'être hors de portée de voix des autres convives.

Arrivée dans le vaste hall d'entrée, elle s'aperçut que ses bagages n'y étaient plus.

— Où est ma valise? demanda-t-elle.

— En haut, répondit-il avec un regard étrange. Dans ta chambre.

— Dis plutôt dans notre chambre! Je croyais que nous ne devions même pas dormir dans la même aile de la maison!

De la salle à manger leur parvinrent des bruits de chaises.

Dan se renfrogna.

— Viens, montons.

— Pas question! Du moins, pas tant que nous n'aurons pas réglé ce problème.

— Je comprends ton embarras, Megan, mais je ne tiens pas à ce que notre conversation puisse être entendue.

— Je m'en doute! rétorqua-t-elle avec un air de défi.

Il prit une profonde inspiration.

— Megan, souviens-toi que le but de ta présence ici est de donner l'illusion que nous sommes amoureux l'un de l'autre. Alors, s'il te plaît, ne prenons pas le risque de tout faire échouer. Si quelque chose ne te convient pas, tu pourras toujours m'en faire part quand nous serons seuls.

Il n'avait pas tort, elle devait bien le reconnaître. Et puisqu'elle avait eu la bêtise d'accepter de se prêter à cette stupide comédie, elle n'avait plus qu'à le suivre sans faire de scandale.

Seigneur que cet escalier était impressionnant ! Elle imagina les différentes femmes qui l'avaient gravi au cours des siècles, vêtues de robes de soie et de jupons de dentelle qui en effleuraient gracieusement les marches. Et voici qu'elle le montait à son tour — en pantalon jaune criard et chaussures à semelles de caoutchouc !

— Par là, indiqua Dan, une fois sur le palier.

Ils s'engagèrent dans le couloir qui se trouvait sur leur gauche. Les yeux écarquillés, Megan admira les majestueux portraits de famille qui ornaient les murs. La bâtisse était immense, et, après avoir tourné plusieurs fois dans un dédale de couloirs, Megan se sentait complètement perdue quand, enfin, Dan s'arrêta devant une lourde porte lambrissée.

— Voici notre chambre, annonça-t-il en poussant le battant.

Il s'était efforcé de parler d'un ton neutre malgré le flot de sensations qui le submergeait. Des sensations d'autant plus troublantes que, quelques heures auparavant, il aurait juré ne jamais les éprouver. Du moins, pas pour Megan. Car c'était bien du désir qu'il ressentait pour elle. Et ne lui avait-il pas justement demandé de l'accompagner parce qu'elle ne l'attirait pas ?

— J'avais compris, répondit-elle d'une voix glaciale.

Une fois encore, la majesté des lieux dissipa un peu la nervosité de Megan.

Un immense lit à baldaquin, orné de draperies de soie or et de velours émeraude, trônait au fond de la pièce. Chaque mur était tendu de tapisseries représentant des femmes plantureuses en déshabillé transparent, qui jouaient d'un instrument de musique ou grappillaient du raisin.

— Ce n'est pas ta chambre d'enfant, n'est-ce pas ?

— Tu plaisantes !

Il referma la porte en riant.

— Les enfants n'avaient pas l'autorisation de circuler dans cette aile de la maison.

Mal à l'aise, elle se dirigea vers la fenêtre et regarda au-dehors. Dans la nuit noire, elle n'aperçut rien d'autre que les ombres gigantesques des arbres et le reflet argenté de la lune sur l'eau des douves. Elle attendit d'avoir retrouvé son calme avant de se tourner vers son compagnon pour déclarer :

— Cela ne se passe pas comme je l'escomptais, Dan.

— Je sais.

— Pourquoi n'as-tu pas protesté lorsque ton frère t'a annoncé que nous partagions la même chambre ?

— Pour dire quoi ? Que nous attendions d'être mariés ?

— Pourquoi pas ?

— Parce que Adam ne m'aurait pas cru, tout simplement.

— Oh, vraiment ?

Elle le fixa, le menton relevé en signe de défi.

— Cela signifie-t-il que tu couches avec toutes les femmes avec lesquelles tu sors ?

— Je t'en prie, ne joue pas les ingénues.

Devant la mine outragée de Megan, il s'empressa d'ajouter :

— De toute façon, les femmes avec lesquelles je sors ne sont pas si nombreuses.

— Leur nombre m'importe peu, ce n'est pas mon problème.

— En outre, reprit-il comme s'il n'avait rien entendu, il est naturel qu'Adam ait pensé nous faire plaisir en nous installant dans la même chambre. D'autant que c'est la première fois que j'amène une femme ici.

Megan écarquilla les yeux de surprise.

— La première fois !

— Oui, la première fois, répéta-t-il en souriant devant son air ébahi.

— Pourquoi ?

Il soupira.

— Parce que cette maison produit une trop vive impression sur les gens. Or, comme je te l'ai déjà expliqué, j'aimerais être certain d'être aimé pour moi-même. Comme tu es la première, mon frère en a tout naturellement déduit que tu représentais beaucoup pour moi. Si je lui avoue que nous ne sommes que...

— ... de bons amis ? suggéra-t-elle sur un ton sarcastique.

Il avait été sur le point de dire « des amis », mais s'était ravisé en se rendant compte que ce terme ne correspondait guère à la réalité. Ils étaient collègues, en fait. Ou, plutôt, patron et employée. Ce qui, tout à coup, lui semblait totalement incongru.

— Si je lui avouais que tu travailles pour moi, et que notre soi-disant relation est pure fiction, son attitude envers toi nous trahirait à coup sûr. Adam n'est pas très bon comédien, tu sais.

— A la différence de son frère...

— Que veux-tu dire ?

— Ne prends pas cet air innocent. Je fais allusion à ce baiser.

— Qu'est-ce qui clochait dans ce baiser ?

— Rien du tout, justement !

— Ouf ! s'exclama-t-il en souriant. Pendant un instant j'ai cru que je t'avais déçue... et que tu avais des réclamations !

— Mais j'en ai !

Elle leva les bras au ciel.

— Qu'est-ce qui t'a pris de m'embrasser ?

— Cela me semble évident. Tu étais sur le point de révéler combien partager ma chambre te contrarierait. Ce qui aurait paru pour le moins suspect, ne crois-tu pas ?

— Peut-être, concéda-t-elle du bout des lèvres.

— Donc, nous nous sommes embrassés, et cela nous a plu...

Voyant Megan sur le point de protester, Dan secoua la tête.

— Inutile de le nier, Megan. Contentons-nous de considérer que nous avons pris nos rôles un peu trop au sérieux, et oublions cet incident.

Après tout, ce n'était qu'un baiser, songea-t-il. Et aussi agréable qu'il ait été, il ne fallait pas en tirer de conclusions hâtives. Leur réaction avait été un peu disproportionnée, certes, mais cela s'expliquait sans doute par l'effet de surprise. Et le goût de l'interdit...

— Prends le lit, proposa-t-il brusquement. Je vais dormir près de la fenêtre.

A ces mots, Megan se tourna vers la direction indiquée, où elle découvrit une méridienne en velours vert jade, aussi splendide qu'inconfortable. Et, de toute évidence, bien trop courte pour Dan. Elle poussa un soupir.

— Ne sois pas ridicule. Nous pouvons très bien partager le lit.

Les prunelles de Dan s'assombrirent tandis que des images suggestives surgissaient dans son esprit.

Devant son silence, elle fronça les sourcils.

— J'espère que tu n'es pas en train de te faire de fausses idées, Dan.

— A quoi diable t'attendais-tu en me proposant de dormir avec toi ?

— *De partager le lit*, rectifia-t-elle. C'est-à-dire, avec toi sur les couvertures, et moi dessous.

— Tous les deux habillés, je suppose ?

Elle haussa les épaules.

— Tu peux te mettre en pyjama, si tu préfères.

— Le problème, c'est que je n'en ai pas emporté.

— Dans ce cas, tu vas effectivement devoir dormir habillé. Sais-tu s'il y a des couvertures supplémentaires quelque part?... Qu'y a-t-il? Tu as un drôle d'air, tout à coup? Ai-je dit quelque chose de choquant?

Non, sans doute. En fait, Dan ne comprenait pas ce qui lui arrivait.

— Je pensais simplement que tu préférerais dormir aussi loin que possible de moi, répondit-il.

— Que veux-tu dire? Que tu me soupçonnes de vouloir mettre le plus de barrières possible entre nous pour ne pas succomber à ton irrésistible charme au milieu de la nuit?

— Megan!

Malgré ses protestations, Dan devait bien convenir qu'elle n'avait pas tout à fait tort. Mais était-ce sa faute si toutes les femmes qu'il avait rencontrées jusqu'alors avaient toujours tenté de le séduire? Dans la même situation, la plupart d'entre elles auraient joué un jeu, et insisté pour qu'il commençât la nuit sur la méridienne en sachant parfaitement où il la finirait...

De toute évidence, Megan ne leur ressemblait pas.

— N'es-tu jamais allé à des festivals de rock, dans lesquels tout le monde dort côte à côte, sous la tente ou en plein air? reprit-elle. Et ne t'est-il jamais arrivé de t'endormir dans une soirée?

— A vrai dire, non. Lorsque je suis fatigué, j'ai pour habitude de rentrer chez moi.

Elle fronça les sourcils, surprise.

— Oh! Quelle vie ennuyeuse vous devez avoir, monsieur McKnight!

Comment avait-elle réussi à retourner la situation sans même qu'il s'en rendît compte? Voilà que c'était lui qui allait passer pour un puritain, à présent! C'était un comble!

— Ennuyeuse, jamais, se défendit-il. Mais jamais non plus aussi excitante qu'elle l'est en ce moment même.

Soudain, l'aplomb de Megan s'évanouit. Il était urgent de changer de sujet!

— Dan?

Il avait commencé à enlever sa veste.

— Hmm... ?

Avait-il l'intention de se déshabiller devant elle ?

— En ce qui concerne Katrina...

— Tu as vu ? J'aimerais vraiment qu'elle se libère de cette obsession.

— Elle n'a pas l'air d'en prendre le chemin.

— En effet. C'est d'ailleurs ce qui justifie ta présence ici.

Il la fixa avec intensité, et Megan eut soudain la troublante sensation que la vaste pièce se rétrécissait.

— Où est la salle de bains ? demanda-t-elle d'une voix étranglée.

— A droite en sortant, puis au bout du couloir.

Elle fouilla dans sa valise, dont elle sortit son pyjama.

— A tout à l'heure, dit-elle avec un sourire contraint. Je... suppose que tu dormiras quand je reviendrai.

— Sans doute...

Dan sourit, et la regarda sortir de la pièce, amusé. Décidément, ce mélange d'anxiété et de bravoure ne manquait pas de piquant.

Jamais Megan n'avait vu de salle de bains aussi imposante. De la taille d'un hangar, elle contenait une immense baignoire dans laquelle auraient pu tenir quatre personnes. Elle ouvrit le robinet, se déshabilla, et se plongea avec une immense satisfaction dans l'eau tiède parfumée au jasmin !

Elle y resta allongée pendant un long moment, afin de se détendre, puis se lava les cheveux et sortit. Le temps de se brosser les dents et d'enfiler son pyjama, et elle regagnait la chambre sur la pointe des pieds.

Arrivée devant la porte, elle tourna la poignée en essayant de faire le moins de bruit possible et poussa le battant. Son cœur se serra lorsqu'elle vit que la lumière était toujours allumée. Dan finissait de ranger ses vêtements dans l'une des penderies. Curieusement, cette activité banale créait une atmosphère d'intimité très troublante.

Trop troublante pour qu'elle y participe : elle rangerait ses propres affaires le lendemain matin.

— Tu ne dors pas encore, fit-elle observer d'un ton neutre.

Il se tourna vers elle et la contempla d'un air médusé.

— Juste ciel !

Megan baissa la tête d'un air confus. Qu'est-ce qui clochait ? Son pyjama de coton blanc était on ne peut plus sage. Presque austère, même. Alors, où était le problème ?

— Je suppose que tu vas finir par m'annoncer que tu es vierge ? marmonna Dan.

Il n'en croyait pas ses yeux. Où avait-elle déniché un pyjama pareil ? Le pire, c'est qu'elle était presque belle dans cette espèce de robe de bure !

D'un mouvement brusque, Megan posa sa trousse de toilette sur la coiffeuse.

— Peux-tu m'expliquer ce qui te pousse à me poser une question aussi outrageante ?

— C'est sans doute à cause de ce coton blanc amidonné, rétorqua-t-il d'un ton sec. Je suis surpris que tu ne te sois pas attaché les cheveux en queue-de-cheval.

— Je peux, si tu y tiens ! railla-t-elle. Mais peut-être préférerais-tu que je porte un déshabillé de soie noire transparente ?

— Pas du tout ! grogna-t-il, avant de voir la lueur malicieuse qui brillait dans ses yeux noisette. Tu te moques de moi ?

Elle sourit.

— Bien sûr ! Combien de pyjamas emportes-tu pour deux nuits, Dan ?

— Comme je te l'ai déjà dit, je ne porte jamais de pyjamas, répondit-il d'une voix douce.

Puis, la regardant droit dans les yeux, il insista :

— Allez, puisque nous avons décidé d'être honnêtes

l'un envers l'autre le temps d'un week-end, l'es-tu, oui ou non ?

Comment pouvait-il avoir l'audace de lui reposer la question ? Pourtant, elle devait reconnaître qu'au lieu de lui en tenir rigueur, elle admirait sa franchise.

— Vierge ? questionna-t-elle froidement. J'ai vingt-cinq ans, voyons. Non, bien sûr. Et toi ?

Il faillit s'étrangler.

— Essaies-tu de m'insulter ?

— Pas plus que toi, rétorqua-t-elle avec un regard serein. Ne trouves-tu pas incroyable qu'au XXIe siècle tu prennes comme une insulte une question que tu viens toi-même de me poser sans le moindre scrupule ? L'égalité des hommes et des femmes est décidément loin d'être acquise !

Il la considéra un long moment, puis esquissa un sourire.

— Si tu tiens tant à l'égalité, peut-être aurions-nous dû tirer à pile ou face qui se rendrait le premier à la salle de bains ? Nous aurions même peut-être pu la partager... Qu'en penses-tu ?

Mais il n'attendit pas de réponse. Il devait sortir de cette pièce au plus vite.

Tout en se rendant à la salle de bains, il se surprit à se demander si Megan avait eu beaucoup d'amants. Mais d'où lui venaient donc de telles idées ? Cela ne le regardait en rien !

Sa mère n'ayant malheureusement pas encore succombé à la tentation de faire installer une douche, il se résigna à prendre son premier bain froid depuis le pensionnat.

Il avait encore la chair de poule lorsqu'il regagna la chambre. Megan avait éteint la lumière. Devait-il se réjouir ou se désoler que la pièce fût désormais plongée dans le noir ?

Il referma la porte sans bruit, et resta immobile le temps que ses yeux s'accoutument à l'obscurité. Alors, il se dirigea sur la pointe des pieds vers le lit à baldaquin, où, entre les lourdes tentures, il distinguait Megan, étendue sur le dos.

Elle avait pris soin de border soigneusement le couvre-lit de soie, remarqua-t-il avec une moue désabusée. Seul son nez dépassait des draps. Elle paraissait si fragile... Il éprouva une fois de plus une attirance mêlée d'appréhension, tandis qu'il s'emparait d'une couverture et se glissait sur le lit à côté d'elle.

Sentant le matelas s'enfoncer, Megan s'efforça de respirer aussi régulièrement que possible.

— Inutile de te fatiguer, je sais que tu ne dors pas, murmura une voix amusée tout près de son visage.

Le souffle tiède de Dan lui caressa la joue. Seigneur ! Si elle avait eu le sentiment que le voir défaire sa valise créait entre eux une intimité troublante, que dire de la situation dans laquelle ils se trouvaient à présent !

Elle resta silencieuse.

— Megan ?

Avec un soupir, elle se redressa et alluma la lampe de chevet.

— Qu'y a-t-il ?

La couverture avait glissé, découvrant le torse nu de Dan.

— Comment oses-tu te coucher près de moi entièrement nu ! protesta-t-elle dès qu'elle le vit.

— Chut ! Tu vas alerter toute la maison.

Les yeux brillants, il souleva un coin de la couverture pour lui montrer son caleçon de soie pourpre.

— Satisfaite ?

Megan ferma aussitôt les yeux. Dan, bien que couvert, n'en était pas pour autant décent. Car la finesse de la soie ne parvenait pas à masquer sa virilité, qui, pleinement réveillée, pointait contre sa cuisse.

Simple réflexe ? Où était-ce elle qui provoquait cette réaction ?

— Megan ?

Elle lui tourna le dos et lui répondit d'une voix étouffée par l'oreiller, dans lequel elle avait enfoui la tête :

— Inutile de me faire du charme, Dan ! Je ne suis pas Katrina et vos yeux gris, si brillants soient-ils, ne m'impressionnent pas.

Ça, il l'avait déjà remarqué ! Hélas !

Avec un sourire mi-amusé, mi-déçu, il s'enroula dans la couverture et se prépara à affronter une nuit qui allait à coup sûr être interminable.

Un frôlement très léger — à peine plus qu'un murmure.

Megan remua, engourdie de sommeil. Une image érotique confuse effleura son inconscient. En frissonnant elle se tourna sur le côté et tendit le bras. Ses doigts rencontrèrent une matière chaude et douce comme du satin. Elle les referma d'un geste possessif et appuya la tête sur un coussin à la fois souple et ferme, qui, curieusement, semblait palpiter sous son oreille.

Baissant les yeux, Dan aperçut dans la semi-obscurité la joue de la jeune femme qui faisait une tache pâle sur son torse hâlé. Comme sa peau et ses cheveux étaient doux sur son cœur battant ! Ses lèvres luisantes étaient tournées vers lui, entrouvertes, comme pour une invitation inconsciente. Une bouffée de désir mêlé de culpabilité l'assaillit.

C'était entièrement sa faute.

Il s'était réveillé pour se rendre compte qu'il s'était glissé tout près d'elle pendant la nuit, et n'avait pu résister à la tentation de caresser sa chevelure soyeuse. Sous le couvre-lit vert Nil, le corps de la jeune femme s'était instinctivement rapproché du sien. Et, au lieu de s'écarter, il l'avait laissée se blottir contre lui.

Quel mal y avait-il à cela ? s'était-il demandé. Après tout, elle était bien à l'abri sous les couvertures. Rechercher le confort était tout naturel. Ce n'était rien d'autre qu'une réaction normale — la recherche du contact et de la chaleur dans la solitude obscure de la nuit.

Il n'avait presque pas bougé, jusqu'au moment où il avait senti le premier frisson de désir. Il s'était alors légèrement tourné de l'autre côté pour dissimuler sa réaction.

Megan ne s'était pas réveillée à ce moment-là. Ni quand son pouls s'était emballé, battant à un rythme de plus en plus précipité. Pourtant, sa tête reposait toujours sur son cœur. Ne percevait-elle donc pas le martèlement effréné de ce dernier ?

Elle poussa un gémissement étouffé, et il sentit son corps onduler sous le couvre-lit.

Il devait absolument la repousser. Ou, au moins, la réveiller...

— Megan ?

Du fond du rêve le plus doux qu'elle eût jamais fait, Megan entendit une voix rauque prononcer son nom.

Encore endormie, elle leva la tête juste au moment où Dan, incapable de résister plus longtemps à la tentation, se penchait vers elle pour l'embrasser.

Au contact de ses lèvres sur les siennes, elle sortit brusquement du sommeil, et se rappela aussitôt où elle se trouvait. Et avec qui !

Il était encore temps de l'arrêter, elle le savait. Alors, pourquoi n'en fit-elle rien ? Au lieu de résister, elle noua les mains autour de sa nuque solide et l'attira contre elle.

En la sentant se presser contre lui, Dan poussa un petit grognement rauque et approfondit son baiser. A travers les draps et les couvertures, il percevait les courbes sensuelles du corps de Megan contre le sien. Oh, se débarrasser de ces maudites couvertures, lui arracher ce pyjama de coton, et...

Soudain, il fut traversé par un éclair de désir si brutal, si douloureux, qu'il comprit qu'il devait tout arrêter, là, maintenant, avant qu'il ne soit trop tard et que la situation ne devienne incontrôlable. Dans un effort suprême, il détacha ses lèvres de celles de Megan et la regarda, les yeux étincelants dans l'obscurité.

— C'est impossible! murmura-t-il avec un frisson.

Megan tressaillit. Que voulait-il dire?

L'esprit embrumé, elle lui posa la question.

— De partager ce lit! s'écria-t-il en bondissant sur le sol. Comment ai-je pu être assez dément pour accepter une proposition aussi absurde?

A travers ses paupières mi-closes, elle le regarda saisir une couverture et l'emporter vers la méridienne.

— C'était pour que tu sois mieux installé, expliqua-t-elle. Sur le moment, cela m'a paru du simple bon sens.

— Du bon sens?

Il se laissa tomber sur la méridienne et grimaça. Les ressorts étaient bien fatigués!

— C'est aussi insensé que cette comédie ridicule que nous avons décidé de jouer!

Au lieu de se simplifier la vie, il était en train de se la compliquer à l'extrême! Quel idiot il faisait!

— Vivement dimanche après-midi! marmonna-t-il en fermant les yeux.

Mais il y avait peu d'espoir qu'il se rendormît.

6.

Megan resta éveillée pendant des heures, à écouter la respiration régulière de Dan. Faisait-il semblant de dormir, comme elle quelques heures plus tôt?

Enfin, épuisée, elle sombra dans un sommeil agité.

Lorsqu'elle s'éveilla, la chambre était toujours plongée dans l'obscurité, mais peut-être était-ce à cause des épais rideaux de velours? Elle jeta un coup d'œil à sa montre. 10 heures!

Tout en surveillant Dan du coin de l'œil, elle repoussa les couvertures. Il ne broncha pas.

Sur la pointe des pieds, en prenant bien soin de ne faire aucun bruit, elle s'approcha de la méridienne.

Il était couché sur le côté, la tête reposant au creux de la main, les cheveux en bataille. Au repos, son visage paraissait plus jeune. Plus doux également. Et tellement sexy! Une véritable invitation au baiser...

La couverture avait glissé, découvrant son torse nu, et elle put admirer les lignes fermes et vigoureuses de son corps parfaitement dessiné.

Ses larges épaules étaient tout en muscles et sa poitrine, ombrée d'une toison qui semblait aussi douce qu'une fourrure, donnait envie d'y reposer la tête. C'était d'ailleurs ce qu'elle avait fait cette nuit, se souvint-elle en se mordant la lèvre.

— Le spectacle est à ton goût? murmura-t-il d'un ton

moqueur, tandis que ses cils noirs se soulevaient sur un regard pétillant de malice.

— Je croyais que tu dormais !

— Je sais, dit-il en bâillant, mais j'aurais pensé qu'après ce qui s'est passé cette nuit, tu préférerais garder tes distances.

Pourquoi ses prunelles étaient-elles si sombres ? Ce n'était sûrement pas à cause d'elle dans son sage pyjama de coton blanc ?

— Quelle heure est-il ? demanda-t-il.

— 10 heures passées.

Il s'étira.

— Mauvais point pour nous. Sally va être furieuse.

— Qui est Sally ?

— La cuisinière. Elle fait presque partie de la famille. C'est elle qui a servi le dîner hier soir.

— Tu ne nous as pas présentées, fit-elle observer d'un ton réprobateur.

— Excuse-moi. J'avais d'autres choses en tête.

Sous l'intensité de son regard gris, Megan sentit sa bouche s'assécher. Pourquoi la contemplait-il ainsi ? En l'absence de témoins, il n'était pas obligé de la dévorer des yeux comme s'il était fou d'elle !

— Nous devrions descendre pour essayer d'avoir au moins une tasse de café.

— Peut-être, répondit-il sans conviction.

En vérité, sortir de cette chambre était la dernière chose dont il avait envie. Il aurait de loin préféré reprendre les choses là où il s'était forcé à les interrompre pendant la nuit. Attirer Megan contre lui, l'embrasser, la caresser...

Il se tourna vivement sur le ventre. Ce ne pouvait être que le fait de partager la chambre qui déclenchait en lui ces éclairs de désir pour une femme qui ne lui plaisait même pas. Quoi d'autre ?

— Veux-tu faire ta toilette la première ? demanda-t-il.

Heureusement, il s'était retourné ! Megan poussa un

soupir de soulagement. Que lui arrivait-il de rougir ainsi comme une collégienne ? Mais cette intonation sensuelle dans sa voix, elle n'était tout de même pas le fruit de son imagination ? Elle n'était pas stupide. Elle s'était bien rendu compte qu'il la désirait cette nuit. Et maintenant ? Etait-ce pour cette raison qu'il s'était mis à plat ventre ?

De toute façon, si c'était le cas, cela ne signifiait rien. Juste que les hommes avaient plus de mal que les femmes à contrôler les élans de leur corps. Dan aurait probablement réagi de la même manière avec n'importe quelle fille, qu'elle soit belle ou laide.

Soudain pressée de sortir de la chambre, elle répondit :

— J'y vais.

Après son bain, elle enfila le pantalon corsaire fuchsia que lui avait prêté Helen, avec un haut vert en Stretch. S'examinant dans le miroir, elle haussa les épaules. Certes, l'ensemble faisait un peu criard par rapport à l'élégance des lieux, mais elle n'avait rien de mieux.

De retour dans la chambre, elle trouva un mot de Dan sur le lit : « Je suis parti faire un jogging. A tout à l'heure. »

Devait-elle l'attendre ou descendre seule ? Si elle l'attendait, elle allait être obligée de trouver mille moyens de se distraire pendant qu'il s'habillerait...

Elle écrivit donc sur la même feuille de papier : « Je suis partie à la recherche d'une tasse de café », et descendit.

La salle à manger était vide, mais quand elle en ressortit, elle faillit se cogner à la femme qui avait servi le dîner la veille. Fronçant les sourcils, elle essaya de se rappeler son nom. Sally !

— Bonjour, Sally ! Je... me demandais si je pouvais prendre un petit déjeuner, dit-elle avec un sourire gêné.

Le regard perçant de cette femme était vraiment intimidant.

— Le petit déjeuner est toujours servi dans la véranda, répliqua la cuisinière, sur un ton impliquant que tout le monde savait cela.

Regardant ostensiblement sa montre, elle ajouta :

— Et en général, à cette heure-là, j'ai déjà commencé à débarrasser.

Etait-elle en train de sombrer dans la paranoïa, ou bien Sally avait-elle vraiment esquissé une moue désapprobatrice après avoir détaillé sa tenue ?

— Je suis désolée d'être en retard. Je... Nous... avons dormi tard, s'excusa-t-elle.

Les traits de Sally se crispèrent.

— Puis-je manger quelque chose ? Ou juste boire une tasse de café en attendant que Dan revienne ?

Visiblement, Sally hésitait, se demandant si elle allait se montrer serviable ou non.

— Si vous êtes la compagne de M. Dan, je pense que vous feriez mieux de l'attendre.

Megan hocha la tête. *Monsieur* Dan ! Eh bien !

— D'accord. Merci beaucoup.

Sally semblait sur le point d'exploser d'indignation.

— Bien sûr, si sa mère était là, il ne serait pas question qu'un couple non marié partage la même chambre...

— Alors nous devons remercier le ciel de l'avoir éloignée pour le week-end, n'est-ce pas, Megan chérie ?

La voix chaude, si familière, était le son le plus agréable que Megan eût jamais entendu, même si le « chérie » n'était pas absolument indispensable. Elle tourna la tête vers lui avec un grand sourire.

— Oh, Dan ! Tu es là !

— J'espère que Sally a fait tout son possible pour t'aider, chérie.

— Oh, oui. Bien sûr, répondit-elle.

Sally la regarda et Megan crut voir briller dans ses yeux une brève étincelle de gratitude.

— Je vais aller vous faire du café, déclara la cuisinière d'un ton bourru. Et voir si je peux vous trouver des gâteaux.

— A-t-elle été aimable avec toi ? demanda-t-il après son départ.

Megan sourit et le suivit en direction de la véranda.

— Dans l'ensemble, oui. Mais je pense qu'elle trouve que je détonne un peu dans le décor.

Ils s'assirent.

— Elle ne t'en veut pas personnellement, expliqua Dan, l'air pensif. Mais elle doit désapprouver que je transgresse les règles si chères à ma mère. En outre, elle doit être un peu jalouse.

— Jalouse ?

— Pas comme une amoureuse déçue, je te rassure. Mais Sally me connaît depuis ma plus tendre enfance, et elle a tendance à se montrer un peu possessive. Elle nous gardait Adam et moi, lorsque nous étions petits. C'était toujours elle qui nous accueillait au retour de l'école.

— Et ta mère ?

— Elle était bien trop prise par ses œuvres de charité pour avoir le temps de s'occuper de nous.

— Cela ne t'a pas perturbé ?

— C'était ma vie. Elle n'était pas si désagréable.

Megan changea de position, et, à sa surprise, Dan fut distrait par la courbe de ses seins qui pointaient sous le fin coton de son corsage. Incroyable ! Il n'avait jamais remarqué les seins de Megan, auparavant. Ce qui n'était pas très étonnant, puisque, au bureau elle s'obstinait à les dissimuler sous des pulls informes. Mais aujourd'hui, il avait un mal fou à en détacher les yeux.

Heureusement, un cliquetis de porcelaine lui annonça que Sally arrivait. Il se tourna vers elle et la regarda poser son plateau.

— Merci, dit-il.

— Merci, fit à son tour Megan, étonnée de recevoir en retour un sourire presque chaleureux de la cuisinière.

— Peut-être qu'elle ne me déteste pas, au fond, déclara-t-elle à Dan une fois qu'ils furent seuls.

— Bien sûr que non. Elle est juste inquiète pour moi. Peut-être craint-elle que tu ne brises mon cœur en mille morceaux.

Megan le vit chercher son regard, mais, au lieu de répondre à son appel, elle baissa les yeux. Il s'amusait avec elle, de toute évidence, et elle avait intérêt à ne pas entrer dans son jeu.

Elle mit un sucre dans son café, et, tout en le remuant, demanda d'un ton détaché :

— A quelle heure arrive Jake Haddon ?

Elle avait rougi ! Et sa respiration s'était accélérée, Dan l'aurait juré. Quelle serait sa réaction s'il la touchait ? A son grand dam, il se rendit compte qu'il en avait terriblement envie.

— On ne peut jamais savoir avec lui. Il est fantasque et imprévisible.

— Parle-moi un peu de lui.

Dan sourit.

— Il est très drôle et a beaucoup de talent. Il se préparait à devenir archéologue lorsqu'il fut « découvert », pendant sa première année d'université. Je pense que s'il avait pu prévoir ce qu'impliquait la carrière d'acteur, il s'en serait tenu à son projet initial. Certaines personnes aiment la célébrité, mais Jake a du mal à supporter d'être sans cesse harcelé par une foule d'admirateurs.

Megan hocha la tête.

— Ce doit être éprouvant.

Il eut un sourire sarcastique.

— Il y a sûrement des métiers plus pénibles.

— Le mien, par exemple !

— Très drôle, rétorqua-t-il en continuant de l'étudier à travers ses paupières mi-closes.

Légèrement mal à l'aise, elle regarda autour d'elle.

— Quel est le programme, aujourd'hui ?

— Ce qui te plaira. Tennis. Natation. Croquet...

— Je n'y ai jamais joué.

— Vraiment ? Je peux t'apprendre, si tu le souhaites.

Devant son expression ambiguë, le cœur de Megan se mit à battre la chamade, mais elle ne répondit pas et, fermant les yeux, offrit son visage au soleil.

— Bonjour, Dan !

Megan rouvrit les yeux. Katrina venait de faire son entrée dans la véranda, vêtue d'une robe de coton, ravissante dans le soleil matinal.

— Bonjour, Katrina, répondit-il poliment en se levant pour lui offrir son siège. Tu prends un café avec nous ?

La jeune fille s'assit avec un sourire ravi.

— Merci, Dan.

— Je vais te chercher une tasse.

Les deux jeunes femmes le regardèrent s'éloigner en silence.

Les avait-il délibérément laissées seules ? se demanda Megan. Serait-elle capable de convaincre la jeune fille qui se croyait amoureuse de Dan, qu'elle était elle-même amoureuse de lui ?

Et comment faire ? Elle ne voulait pas mentir ni se montrer trop brutale et risquer de blesser la jeune fille.

Celle-ci était en train de la regarder, le front plissé. Ses grands yeux bruns s'attardaient sur le corsaire rose.

— Nous n'avons pas eu beaucoup l'occasion de nous parler, hier, dit-elle avec un sourire artificiel. Connaissez-vous Dan depuis longtemps ?

— Quelques mois seulement.

— Quelques mois ? répéta Katrina d'un ton incrédule. Est-il vrai que vous travaillez ensemble ?

— Oui. Nous nous sommes parlé une fois au téléphone. Vous vous souvenez ?

— Vaguement ! Comment cela se passe-t-il ?

— Quoi donc ?

— Votre relation ! N'est-il pas compliqué de tracer une frontière entre vie professionnelle et vie privée ?

Megan pensa à la façon dont s'était déroulé ce week-end jusque-là.

— Aussi étrange que cela puisse paraître, non, répondit-elle avec sincérité. Nous n'avons aucun mal à cloisonner les deux.

— Vous avez de la chance.

Katrina regarda de nouveau les jambes de Megan.

— Et Dan apprécie-t-il la façon dont vous vous habillez ?

— Oh oui ! Il adore !

— Pourtant...

Katrina se mit à jouer avec les perles qu'elle portait autour du cou. De toute évidence, elle tentait d'attirer l'attention de Megan sur le collier que lui avait offert Dan.

— D'ordinaire, je pense qu'il a des goûts plus... classiques, poursuivit-elle. Vous aimez mes perles ?

— Elles sont magnifiques.

— C'est Dan qui me les a offertes.

— Je sais. Il me l'a dit.

— Ah bon ?

— Bien sûr, acquiesça Megan d'une voix très douce. Je sais à quel point il vous est attaché, Katrina. Il vous aime comme une sœur.

Il y eut un bref silence, pendant lequel Megan crut que Katrina allait se mettre à pleurer. Cependant, la jeune fille se reprit.

— Vous savez que Jake Haddon arrive aujourd'hui, n'est-ce pas ?

— Oui.

— Je ne sais pas si Dan vous a prévenue, mais il a horreur qu'on le harcèle, poursuivit Katrina d'un ton sentencieux. Vous n'avez pas l'intention de l'importuner en lui demandant des autographes, j'espère ?

— Je devrais réussir à me retenir.

— Je le connais depuis ma petite enfance. Sa mère est très amie avec la mère de Dan — qui est ma marraine.

Elle fit une pause.

— Mais vous ne la connaissez pas non plus, n'est-ce pas ?

— Non. L'occasion ne s'est encore jamais présentée.

— C'est une femme extraordinaire, susurra Katrina.

Très conservatrice. Très à cheval sur les principes. Lady McKnight dit toujours que le respect des règles est la meilleure garantie contre le chaos.

Lady McKnight! Mon Dieu! Pourquoi Dan n'avait-il pas pris la peine de lui préciser que sa mère était noble?

— Quelles règles en particulier? s'enquit Megan en s'efforçant de ne rien laisser paraître de la panique qui était en train de la gagner.

Katrina fronça les sourcils.

— Laissez-moi trouver un exemple... Tenez, au hasard, le mariage.

Au hasard, bien sûr!

— Oui?

— C'est devenu une institution bien fragile de nos jours, ne trouvez-vous pas? Beaucoup trop se terminent par un divorce. Le meilleur moyen d'augmenter les chances de réussite d'une union, c'est d'épouser quelqu'un du même milieu. Plus les futurs époux ont de points communs, plus ils ont de chances de vieillir ensemble.

— Vous avez visiblement beaucoup réfléchi à la question, fit observer Megan avec un sourire.

— Oh, oui! Et je pense que lady McKnight en a fait autant. Voyez-vous, de nos jours, les gens disent que le milieu n'a aucune importance. Mais il en a énormément, au contraire! Oh, voilà Dan!

Il en avait mis du temps à trouver une tasse de café! songea Megan. Espérait-il qu'elle parlerait à Katrina? Et si c'était le cas, qu'attendait-il de cette conversation? Que Katrina renonce à lui par solidarité féminine?

En tout cas, si elle-même avait été amoureuse de Dan McKnight, nul doute que Katrina aurait réussi à semer le doute dans son esprit.

Tout en s'approchant de la table, Dan l'interrogea du regard, comme pour s'assurer que tout allait bien.

Elle le rassura d'un sourire. Après tout, oui, tout allait bien. Et les propos de Katrina n'avaient aucune raison de la troubler puisqu'elle n'était pas amoureuse de Dan. Alors pourquoi se sentait-elle si perturbée ?

C'était exactement la question que se posait Dan en s'asseyant face à elle. Que s'était-il passé pendant son absence ? Pourquoi Megan avait-elle l'air si tendue ?

D'un geste délibéré, il prit sa main, qui était crispée sur sa chaise. Ses doigts étaient froids. Il referma les siens autour pour les réchauffer.

Comme ce geste protecteur était doux ! Megan aurait pu rester assise là toute la matinée, avec la main de Dan sur la sienne... Elle se sentait si bien ! Tellement bien qu'il lui fut soudain impossible de continuer à s'aveugler comme elle l'avait fait jusqu'alors. Car si elle continuait, elle allait tomber pour de bon amoureuse de Dan McKnight !

Et cela, elle devait l'éviter à tout prix...

7.

Dan insista pour faire visiter la propriété à Megan pendant que Katrina terminait son café.

— Ne va-t-elle pas nous en vouloir? demanda-t-elle, tandis qu'ils franchissaient le petit pont au-dessus des douves.

— Peu importe! répondit-il

— Tu as raison.

Le domaine des McKnight n'était pas grand — il était immense. Il leur fallut plus d'une heure pour en faire le tour.

— Tout appartient à ta famille? interrogea Megan, tandis qu'ils longeaient un ruisseau au milieu des bois.

— Ces terres font partie du patrimoine familial. Nous léguerons tout — la maison, les terres et les fermes — à nos enfants. Tu veux t'asseoir?

— Avec plaisir.

Megan se laissa tomber dans l'herbe parsemée de pâquerettes, et posa la question qui tournait dans sa tête depuis un moment:

— Pourquoi prends-tu la peine de travailler?

— Parce que, sinon, je m'ennuierais à mourir.

Dans s'appuya sur les coudes et, renversant la tête en arrière, s'absorba dans la contemplation du ciel.

— De toute façon, la plus grande partie de mes biens

est sur un compte bloqué et je ne toucherai rien avant de...

Il s'interrompit.

— Avant de... ?

— Me marier, acheva-t-il en haussant les épaules.

— Voilà un détail qui doit te donner envie de trouver une épouse au plus vite.

— Curieusement, non. Au contraire. J'ai toujours considéré cela comme une épée de Damoclès.

— Le mariage ou l'argent ?

— Les deux. Etre à la tête d'une fortune implique des responsabilités. Surtout, cela sème le doute : on n'est jamais sûr d'être aimé pour soi-même.

Megan jeta un coup d'œil à son compagnon. Sous le tissu très fin de sa chemise, on apercevait les contours de son torse puissant. Le vent avait ébouriffé ses cheveux noir de jais, adoucissant ses traits. Comme il était différent du Dan qu'elle côtoyait chez Softshare !

— Aimé pour soi-même ? Allons, Dan ! Tu cherches les compliments ?

— Moi ?

Il eut un sourire nonchalant.

— Pourquoi dis-tu cela ?

— Je doute que l'argent soit la seule motivation qui puisse donner à une femme l'envie de t'épouser. Tu es un homme séduisant et tu le sais.

Il se tourna sur le côté pour l'étudier à travers ses paupières mi-closes.

— Je pense que je vais prendre ça pour un compliment, conclut-il d'un air songeur. Même si le ton sur lequel tu l'as dit ne laisse en rien supposer que c'en était un.

Megan cueillit une pâquerette.

— Tu aurais pu me prévenir que ta mère était une lady.

Le sourire disparut.

— Pourquoi ? Cela n'a aucune importance !

Agacée par son agressivité soudaine, elle lui jeta un regard noir.

— Bien sûr, puisque je ne suis pas une « coureuse de dot », ironisa-t-elle.

— Je n'ai jamais rien suggéré de tel.

Ignorant sa remarque, elle reprit :

— Mais puisque nous sommes supposés être amoureux l'un de l'autre, tu aurais pu m'en informer. Cela m'aurait évité de l'apprendre de la bouche de Katrina !

— A-t-elle été désagréable avec toi ?

Megan secoua la tête.

— Plus condescendante que désagréable. Elle a tenté de me remettre à ma place. Ce qui est compréhensible, je suppose, étant donné les circonstances.

— C'est très généreux de ta part de réagir ainsi.

— Elle est encore très jeune, fit-elle observer en haussant les épaules.

— Elle doit avoir tout au plus cinq ans de moins que toi.

— Je sais. Mais elle paraît beaucoup plus jeune.

— Oui. Cela est sans doute dû au fait qu'elle est née avec une cuillère d'argent dans la bouche.

Il cueillit une pâquerette qu'il lui tendit.

— Elle a mené une vie très différente de la tienne.

Megan prit la fleur en hochant la tête.

— Où est sa mère en ce moment ?

— A Londres, dans l'appartement qu'elle occupe avec Katrina. Mais elle fait la fête en permanence et n'est jamais chez elle. Je suppose que cela explique en partie le problème de sa fille.

— Elle m'a recommandé de ne pas ennuyer Jake Haddon. Elle avait l'air de s'imaginer que j'allais lui sauter dessus dès son arrivée, un carnet d'autographes à la main.

— Comment a-t-elle osé ? s'exclama-t-il, soudain indigné.

— Katrina ne me connaît pas. Peut-être a-t-elle simplement voulu m'éviter de commettre un impair et de me ridiculiser devant tout le monde.

— Fais-tu toujours preuve d'autant de magnanimité, Megan, ou essaies-tu de m'impressionner ? Parce que si c'est le cas, je dois te dire que tu y réussis parfaitement !

Megan eut un petit rire gêné. Le regard dont la couvait Dan en cet instant était très flatteur, mais elle ne pensait pas l'avoir vraiment mérité.

— N'exagère pas. Je ne suis pas une sainte !

— Sur ce point, je veux bien te croire, plaisanta-t-il.

Soudain, son attention sembla attirée par quelque chose, et il se mit à fixer un point derrière elle.

— Ne bouge pas, chuchota-t-il doucement. Il y a quelqu'un.

— Katrina ?

— Je crois.

Il se rapprocha d'elle.

— Peut-elle nous voir ? demanda Megan.

— Je n'en sais rien. Penche-toi en avant.

— Pourquoi ?

— Fais ce que je te dis. Notre attitude n'a rien de celle de deux amants follement amoureux.

Il lui toucha l'épaule du bout des doigts et la sentit frissonner.

— Mais voilà qui pourrait sembler plus convaincant, ne crois-tu pas ?

Avec une extrême douceur, il l'attira près de lui, repoussa ses cheveux en arrière d'un geste tendre.

Il contempla son visage pendant un long moment — avec dans les yeux une lueur étrange. Puis sa bouche se posa sur la sienne comme un papillon.

— Dan, protesta-t-elle d'une voix sourde.

— Chut !

D'un baiser fougueux, il la réduisit au silence. Elle se laissa faire sans protester. Après tout, ce baiser faisait partie de la comédie qu'ils avaient décidé de jouer. Que faire, sinon le subir avec patience ?

Quelle mauvaise foi ! se moqua-t-elle intérieurement. Qui essayait-elle donc de leurrer ? Dès que les lèvres de

Dan avaient touché les siennes, elle n'avait eu qu'une envie : s'abandonner et répondre avec une ardeur passionnée à leur baiser.

— Dan ! gémit-elle.

Au lieu de le dissuader, le son de sa voix sembla attiser le désir de son compagnon, qui fit glisser sa main le long de son dos jusqu'au creux de ses reins.

— Tu es magnifique, murmura-t-il.

Et il était sincère ! La courbe de ses hanches était si envoûtante ! Une nouvelle vague de désir le submergea.

Avec un grognement de frustration, il s'écarta d'elle en roulant sur lui-même.

Megan ne bougea pas. Ce n'était qu'une comédie, pensa-t-elle confusément. Elle avait la bouche sèche et son corps lui semblait vide et douloureux. Quant à ses joues, pas besoin de miroir pour savoir qu'elles étaient écarlates...

Elle s'éclaircit la gorge.

— Est-elle partie ?

Dan était recroquevillé sur lui-même, les bras autour des genoux. Il tourna vers elle un regard hébété.

— Qui ?

— Katrina.

— Katrina ?

— Tu l'as vue. Tu te souviens ?

Il plissa les yeux pour regarder au loin. Alors elle comprit. Le scélérat !

— Il n'y avait personne, n'est-ce pas ?

Il ouvrit la bouche pour protester, mais il se rappela qu'ils s'étaient promis d'être honnêtes. De toute façon, il n'avait pas le cœur de lui mentir.

Il se tourna vers elle comme pour guetter sa réaction.

— Non, je ne crois pas.

— Alors pourquoi ? Pourquoi m'avoir embrassée ?

Tout en écartant une mèche de cheveux sur son front, il lui adressa un sourire énigmatique.

— Parce que j'en avais envie. Depuis que je t'ai tenue

dans mes bras cette nuit, j'avais envie de t'embrasser de nouveau. Et tu semblais en avoir envie, toi aussi. Mettons que c'est la faute des oiseaux. Ou du soleil, si tu préfères.

Elle réprima un sourire.

— Et maintenant ? demanda-t-elle d'un ton tranquille.

Il effleura ses lèvres du bout des doigts.

— Voilà une question à laquelle je suis incapable de répondre. Surtout si près de toi. J'ai beaucoup de mal à réfléchir.

Se levant d'un bond, il lui tendit la main.

— Viens. Il est presque l'heure de déjeuner.

Ils regagnèrent la terrasse, où les autres prenaient l'apéritif au soleil.

Le colonel était en train de vider une coupe de champagne, surveillé par sa femme, qui lui jetait des regards réprobateurs. Neil, en tenue de tennis, semblait absorbé dans de sombres pensées, mais lorsqu'il les vit approcher, son visage s'éclaira.

Katrina, magnifique dans une robe vaporeuse en mousseline de soie, boudait sous sa capeline ornée de fleurs.

Les avait-elle vus, finalement ? s'interrogea Megan. Etait-ce pour cette raison qu'elle arborait un air si maussade ?

Dan tira une chaise pour elle, puis alla s'asseoir à l'autre bout de la table.

— Belle matinée, n'est-ce pas ? s'exclama le colonel.

— Très plaisante, en effet, répondit Dan.

— Plaisante ?

S'étranglant de rire, le colonel se pencha en avant pour se resservir du champagne.

— Si c'est là le seul adjectif que vous trouviez pour qualifier une promenade en compagnie d'une jeune femme aussi charmante que Mlle Megan, je suis ravi de ne plus avoir votre âge, jeune homme ! Au moins, les années nous aident-elles à apprécier à leur juste valeur les cadeaux que nous fait la vie !

Ecarlate, Megan porta sa coupe à ses lèvres, puis regarda autour d'elle avant de demander :

— Où sont Adam et Amanda ?

— Ils sont partis chercher Jake à l'aéroport, répondit Katrina en s'adressant à Dan. Il doit arriver par le vol de 15 heures, mais tu le connais ! Il a sûrement eu une lubie au dernier moment. Je ne serais pas étonnée qu'il ait décidé de faire un détour par Londres ! Ou par l'Ecosse !

Otant sa capeline, Katrina s'éventa avec coquetterie, tout en jetant à Megan de petits coups d'œil sournois.

— Au fait, ta mère a appelé, Dan. Je lui ai dit que tu étais parti te promener avec une amie.

— Ah oui ?

— Elle a semblé contrariée.

A ce moment précis, Sally arriva, les bras chargés de plats, ce qui évita à Dan de répondre.

Chacun se leva pour faire de la place sur la table. Megan commençait à souffrir de la chaleur. Si seulement elle avait un chapeau, comme Katrina...

Elle essaya d'attirer l'attention de Dan, mais, de toute évidence, celui-ci fuyait son regard. C'était un comble ! Ce baiser, il en était le seul responsable. Alors pourquoi se comportait-il maintenant comme s'il lui en voulait ?

Allons, il ne restait plus que vingt-quatre heures. Demain soir elle serait de retour chez elle. Lundi, ils reprendraient le travail, et tout serait oublié.

Comme ils l'avaient décidé.

Alors pourquoi avait-elle le cœur serré à cette perspective ?

— Voulez-vous disputer une partie de tennis cet après-midi, Megan ? proposa Neil. Si Dan n'y voit pas d'inconvénient, bien sûr.

Elle attendit assez longtemps pour que Dan puisse émettre une objection s'il le souhaitait. Mais il n'eut aucune réaction.

— Je suis très mauvaise, avoua-t-elle alors avec un sourire.

— Un plongeon dans la piscine, alors?

— Avec plaisir.

— Et toi, Katrina? Veux-tu te baigner avec nous?

Quel regard dédaigneux elle lui lança! Megan en fut attristée pour lui. D'autant que la jeune fille ne prit même pas la peine de lui répondre.

En revanche, elle demanda à Dan:

— Tu veux bien m'aider à me perfectionner au croquet?

Megan retint son souffle en voyant Dan considérer un long moment le délicat visage en forme de cœur de sa voisine. Etait-ce de l'indécision qu'elle lisait dans ses yeux gris?

— Pas aujourd'hui, répondit-il enfin d'un ton neutre. Il fait beaucoup trop chaud.

Enfin, elle parvint à capter son regard. Ils étaient censés former un couple, et cela lui donnait le droit de lui poser des questions...

Elle prit un ton mielleux.

— Que comptes-tu faire cet après-midi, Dan chéri?

Dan savait très bien pourquoi Megan lui posait cette question. Elle jouait son rôle devant Katrina, rien de plus. Pourtant, lorsque sa voix traîna sur le mot *chéri*, il sentit son pouls s'accélérer. Il se renfrogna.

Décidément, quelle actrice! En tout cas, il n'était pas question de passer l'après-midi au bord de la piscine pendant qu'elle s'exhiberait en maillot de bain... Sa résistance avait des limites.

— Je vais sans doute rendre visite à l'un des fermiers du coin. Tu veux venir? ajouta-t-il avec une lueur de défi dans le regard.

— Non, merci, murmura-t-elle avec un sourire serein. Notre longue marche de ce matin m'a épuisée.

8.

Après le déjeuner, Megan monta se changer. Elle décida de porter son propre maillot de bain, un nageur bleu marine très strict, qui ne risquait d'offusquer personne. Celui qu'Helen lui avait prêté — un Bikini minuscule en tissu imprimé peau de léopard — resterait au fond de sa valise !

Elle redescendit et se baigna en compagnie de Neil. Ruth Maddison lisait un magazine, allongée sous un parasol, tandis que son mari ronflait à côté d'elle. Katrina était invisible. Quant à Adam et Amanda, ils n'étaient toujours pas revenus de l'aéroport.

Après son bain, Megan s'assoupit à l'ombre des arbres. Lorsqu'elle se réveilla, elle était en plein soleil.

Il était bientôt 17 heures et il ne restait plus qu'elle au bord de la piscine.

Pourquoi personne ne l'avait réveillée ?

Son visage était en feu, et elle se sentait poisseuse. Elle jeta un coup d'œil sur ses bras et ses jambes. Ecarlates !

Elle plongea dans la piscine pour se rafraîchir et parcourut plusieurs longueurs avant de regagner sa chambre.

Leur chambre...

Elle ouvrit la porte sans faire de bruit, mais la pièce était vide. Quelle chance ! Elle allait pouvoir se préparer tranquillement.

Une fois dans la salle de bains, elle se fit couler un bain dans lequel elle se prélassa jusqu'à ce que l'eau refroidisse.

Après s'être séchée, elle s'enduisit de lait après-soleil et regagna la chambre. Elle était assise devant la coiffeuse, un tube de mascara à la main, lorsque la porte s'ouvrit. Dan entra, toujours vêtu de son jean et de la même chemise.

Leurs regards se croisèrent dans le miroir.

— Comment va ton fermier? demanda-t-elle d'un ton détaché. Etait-il content de te voir?

Il hocha la tête.

— Je le connais depuis mon enfance. Il m'a appris tout ce que je sais sur la campagne.

Il s'approcha de la fenêtre, visiblement préoccupé.

— Megan?

— Oui?

Il se tourna vers elle en soupirant.

— T'amener ici m'avait paru une excellente idée, à l'origine...

— C'était une idée stupide. Comme tu l'as si bien dit cette nuit.

Comme s'il ne l'avait pas entendue, il poursuivit :

— Une excellente idée parce que nous n'étions pas attirés l'un par l'autre.

Elle posa le tube de mascara.

— Insinuerais-tu que la situation a changé?

— Tu le sais très bien! Le baiser de ce matin n'en est-il pas la preuve?

— C'était agréable, en effet, acquiesça-t-elle d'un ton prudent.

— Agréable? répéta-t-il en riant. Décidément, tu as le don de flatter mon ego!

— Je ne savais pas que tout cela avait à voir avec ton ego.

— Cela n'a rien à voir avec mon ego!

— Alors, où veux-tu en venir?

Il parcourut la pièce du regard — comme un animal qui s'aperçoit tout à coup qu'il est enfermé dans une cage.

— Je... je n'en sais rien. Je n'arrive pas à croire que j'ai pu imaginer un plan aussi ridicule!

— Il est trop tard pour faire machine arrière. Nous n'avons plus qu'à attendre la fin du week-end en essayant de passer le temps de la manière la plus agréable possible. Jake est-il arrivé?

— Il y a une heure environ.

— Tu lui as parlé?

— Pas beaucoup. Il souffre du décalage horaire. A ta place, je ne me ferais pas trop d'illusions. Si tu t'attends à un festival de brillantes reparties, tu risques d'être déçue. D'ailleurs, je ne serais pas étonné s'il allait se coucher sans dîner. Et pour l'amour du ciel, ne fais pas cette tête d'enterrement!

— Mais je suis extrêmement déçue, plaisanta-t-elle. Que vais-je raconter à ma colocataire?

Comme elle haussait les épaules, son kimono de soie se plaqua sur ses seins.

Dan sentit aussitôt les battements de son cœur s'accélérer. Non seulement ce kimono était insupportablement sexy, mais les yeux de Megan paraissaient immenses et ses lèvres brillantes semblaient lui susurrer mille promesses. Son sang se mit à battre à ses tempes. Décidément, son désir d'elle prenait des proportions inquiétantes!

— Est-ce pour Jake que tu t'es maquillée?

— Dan! s'exclama-t-elle d'un ton réprobateur.

Mais, en vérité, cette note de jalousie dans sa voix la remplissait de joie.

— J'ai beau être fille de fermier, poursuivit-elle, je sais que, pour dîner, on se change et on se maquille!

Il désigna la robe noire suspendue sur la porte de l'armoire.

— Tu vas mettre cette robe?

— Elle ne te plaît pas?

— Disons qu'elle n'a pas du tout le même style que ton pantalon jaune. Ou que celui que tu portais cet après-midi.

Il choisit ses mots avec soin.

— Tu... ne ressembles pas du tout à la Megan que je côtoie au bureau. Je ne m'attendais pas à ce que tu sois si...

— Si... ?

— Flamboyante.

Elle jugea préférable de lui dire la vérité.

— Les vêtements que j'ai portés jusqu'à présent ne sont pas à moi.

— Tu les as empruntés ?

— Oui. Ne fais pas cette mine ahurie, Dan ! Cela se fait couramment entre femmes.

Son regard se radoucit. Sa franchise avait le don de le désarmer...

— La plupart de mes vêtements sont d'une banalité épouvantable, poursuivit-elle. Pas assez chic pour ce genre de week-end. Mais je n'ai pas fait le bon choix, n'est-ce pas ? Ceux que l'on m'a prêtés sont trop criards et je sais bien que tout le monde les a trouvés de mauvais goût.

— Pas tout le monde, objecta-t-il. J'aime beaucoup le pantalon jaune. Un peu extravagant, peut-être, mais très seyant.

Il mettait admirablement en valeur ses cuisses fuselées et ses jambes interminables ! Sans parler de l'arrondi vertigineux de ses reins...

— Très seyant, répéta-t-il avec un soupir.

Elle lui sourit dans le miroir.

— Merci, Dan !

Il regarda par-dessus son épaule. Derrière la robe noire, il apercevait un bout de tissu émeraude.

— Quelle est cette chose verte ?

— Cette « chose verte » est une robe que j'ai empruntée à la même amie. Mais je la trouve trop moulante, et son décolleté est vraiment très plongeant. J'ai donc décidé de mettre la noire — qui m'appartient — à la place.

— Cette robe verte semble pourtant parfaite.

— Tu plaisantes ?

— Pas le moins du monde. Pourquoi ne l'essaies-tu pas pendant que je vais prendre mon bain ? Ainsi, je pourrai te donner mon opinion.

— Qu'est-ce qui te fait croire que j'en tiendrai compte ?

Il prit son peignoir en éponge.

— Essaie-la, et nous verrons bien.

Une fois qu'il fut sorti de la chambre, Megan enfila la robe verte, dont elle remonta avec quelque difficulté la fermeture Eclair.

Le corsage, très ajusté, lui faisait une taille de guêpe et une poitrine très avantageuse. Quant à la jupe, coupée en biais, elle soulignait ses hanches étroites. Mais pas question de prendre un seul gramme au cours de la soirée !

Elle tourna sur elle-même, faisant crisser la soie verte. Dan revint à ce moment-là, les cheveux mouillés, la peau encore humide. Les pans de son peignoir s'entrouvraient lorsqu'il marchait, laissant entrevoir par intermittence des jambes musclées et bronzées.

Megan ouvrit la bouche... et se rendit compte que ce qu'elle voulait dire lui était sorti de l'esprit.

Imaginer le corps nu de Dan sous le tissu-éponge lui brouillait les idées.

Il referma la porte et s'immobilisa. Cette femme éblouissante vêtue d'une robe du soir à couper le souffle était-elle vraiment la même que celle qui travaillait en face de lui tous les jours ?

Il déglutit.

Megan se sentit transpercée par son regard. La lueur qui brillait dans ses yeux la rendait nerveuse.

— Elle te plaît ? s'enquit-elle sur un ton qu'elle espérait détaché.

— Si elle me plaît ? répéta-t-il d'une voix étranglée. Elle est splendide.

— Et penses-tu qu'elle soit assez... convenable ?

— Tourne-toi.

Elle pivota sur elle-même.

Seigneur ! Les yeux de Dan étaient-ils en train de lui jouer des tours, ou la jeune femme avait-elle eu recours à la magie ? Il avait toujours pensé que les pulls immenses de Megan dissimulaient des rondeurs disgracieuses. Jamais il n'aurait pu deviner qu'ils cachaient un corps aussi parfait, dont les courbes étaient au contraire un enchantement pour le regard...

Megan attendait en vain un compliment, mais le silence s'éternisait.

— Eh bien? insista-t-elle en se tournant pour lui faire face.

Mais elle se tut aussitôt en découvrant la flamme de désir qui s'était allumée au fond des yeux de Dan.

— Oui...?

— Dois-je garder cette robe?

— Sans hésitation : oui, dit-il d'une voix rauque.

Puis, d'un ton plus détaché, il ajouta :

— Peux-tu te retourner de nouveau, s'il te plaît?

— Je pensais que tu avais eu largement le temps de te faire une opinion

— Tu as raison. Je cherchais juste à épargner ta pudeur : je vais me changer.

Elle lui tourna le dos sur-le-champ. D'abord, il y eut un frôlement de soie — son caleçon? — puis un bruissement de batiste — sa chemise? —; enfin, un froissement moins discret — son pantalon? La gorge sèche, elle retenait sa respiration. En avait-il encore pour longtemps?

— Tu peux regarder. Je suis décent, à présent.

Assis sur le lit, il était en train d'enfiler ses chaussettes.

— Le temps de nouer ma cravate, et nous pourrons descendre prendre un verre avant le dîner.

Il enfila ses chaussures et se leva.

— A moins que tu ne souhaites le faire pour moi?

— Tu en as sans doute plus l'habitude, répondit-elle d'une voix suave.

Pour nouer la cravate d'un homme, il fallait se tenir près de lui. Trop près...

Ils arrivèrent les premiers au bord de la piscine, où des lanternes suspendues aux branches des arbres diffusaient une délicate lumière orangée, qui se reflétait dans l'eau.

Près de la porte-fenêtre, une grande table avait été dressée pour huit personnes. Argenterie, porcelaines de chine et chandeliers en argent accentuaient l'aspect féerique du lieu.

— Comme c'est beau! murmura Megan.

Dan fut touché par cette exclamation presque enfantine. Pas le moindre soupçon de cynisme blasé, songea-t-il. Et qu'elle était belle! Ce rouge à lèvres lui allait à merveille, quant à sa robe, elle était tout simplement affolante.

— Si nous allions faire un tour en attendant que les autres arrivent? suggéra-t-il.

Mais déjà des bruits de pas approchaient.

— Oh, voici Jake.

Megan sursauta.

— Au secours! murmura-t-elle. Que vais-je lui dire?

— Détends-toi et sois naturelle.

— Eh bien, essaieriez-vous de vous cacher? demanda une voix traînante, qu'elle reconnut aussitôt.

Tandis que Jake Haddon les rejoignait, elle put juger par elle-même à quoi ressemblait la star d'Hollywood, vue de près.

Immense et longiligne, il avait une allure très décontractée. Sa chemise s'échappait par endroits de son pantalon de velours côtelé, et ses cheveux étaient en bataille. Mais ce qui frappait le plus chez lui, c'étaient ses yeux. Des yeux bleu turquoise, évocateurs de lagons des mers du Sud.

Arrivé à leur hauteur, il dévisagea Megan d'un air amusé.

— Bonjour! Nous n'avons pas été présentés, je crois?

— Mon nom est Megan et je suis une amie de Dan.

— Enchanté, Megan-amie-de-Dan! dit-il en s'inclinant pour lui embrasser les doigts.

Dan ne put s'empêcher de rire en la voyant rougir de confusion.

— Je suis content de te voir, Jake! Merci d'avoir trouvé une petite place pour nous dans ton emploi du temps.

L'acteur haussa les épaules d'un air désinvolte.

— Ne me parle pas d'emploi du temps! Je viens de terminer un tournage à Manhattan, et on m'envoie à Sydney la semaine prochaine!

Il regarda autour de lui.

— Je boirais bien un verre.

— Allons nous asseoir là-bas, proposa Dan en indiquant une table qui se trouvait à l'écart, de l'autre côté de la pelouse. Nous pourrons bavarder avant que les autres arrivent.

Il saisit le coude de Jake et prit Megan par la main. Etait-elle en train de rêver? Il les conduisait, elle et Jake Haddon, vers une table sur laquelle une bouteille de champagne les attendait dans un seau à glace. Comme dans un palace! Quand elle allait raconter cela à Helen!

Ils s'assirent, et Dan servit trois coupes tandis que Megan s'obligeait à revenir sur terre.

— Vous êtes la première petite amie de Dan que je rencontre, déclara soudain Jake.

— Oh, mais je ne suis pas...

— Megan déteste l'expression *petite amie*, intervint Dan d'un ton tranquille. Elle lui préfère le terme compagne, n'est-ce pas, chérie?

Megan le fusilla du regard.

— Comme c'est aimable de finir mes phrases à ma place! lança-t-elle sur un ton grinçant.

— Tout le plaisir est pour moi! rétorqua-t-il, moqueur.

A son grand dam, il s'aperçut que lorsque ce week-end serait terminé, jouer le rôle de l'amant de Megan allait lui manquer. D'un geste possessif, il posa la main sur un de ses genoux, recouvert de soie émeraude.

Jake haussa les sourcils.

— Si vous préférez rester seuls, je peux m'en aller, déclara-t-il d'un air amusé.

— Non! s'empressa de répondre Megan.

Il y eut un silence.

— Je suis si intimidée que je ne trouve rien à dire, avoua finalement Megan.

Jake se pencha vers elle en riant.

— Confiez-moi simplement que vous êtes folle amoureuse de cet homme. Cela suffira pour l'instant.

Elle se raidit. L'avait-il lu sur son visage ou était-ce une simple boutade?

Comme s'il avait perçu son embarras, Dan déclara :

— Cesse de la taquiner, Jake. Elle est timide.

Sentant sa main qui lui pressait l'épaule, elle tourna vers lui un regard surpris.

— N'est-ce pas ? insista-t-il.

Pourquoi la regardait-il ainsi ?

— Pa... Parfois, oui, reconnut-elle.

— Raconte-nous plutôt les derniers potins d'Hollywood, proposa alors Dan.

Avec un hochement de tête, Jake alluma une cigarette, puis se lança dans le récit détaillé du tournage de son dernier film.

Megan n'arrivait pas à croire qu'elle était en train d'écouter Jake Haddon raconter sa vie, une coupe de champagne à la main ! Si seulement Dan cessait de lui masser les épaules, elle pourrait peut-être se concentrer plus facilement sur les propos de l'acteur...

Ils continuèrent à bavarder un long moment tandis que la lune argentée s'élevait dans le ciel.

De plus en plus à l'aise, Megan se laissa bientôt aller à leur raconter son enfance à la ferme. Quelle sensation merveilleuse de découvrir qu'elle était capable de faire rire un acteur aussi célèbre !

— Expliquez-moi encore une fois comment on castre un cochon ? demanda Jake avec une horrible grimace.

Megan recommença sa démonstration avec le pouce et l'index.

— Comme ceci. Vous appuyez délicatement et...

— Arrête ! s'écria Dan. Rien que d'y penser, j'en ai la nausée.

Megan observa les deux hommes assis sur le banc près d'elle. Une star du cinéma et un membre de l'aristocratie ! Si seulement ses frères pouvaient la voir en ce moment ! Ou Helen !

Détail intéressant, cependant : c'était de loin Dan qu'elle trouvait le plus attirant. Elle ne connaissait Jake qu'à l'écran, mais, dans la vie réelle, il ne semblait pas très différent de l'image que le public avait de lui. Son charme était celui d'un petit garçon ayant besoin d'être materné. Pas du tout son style.

Alors que Dan...

Sa haute stature, l'enivrant mélange de force et de virilité qui se dégageait de tout son être, son sourire charmeur, sa nonchalance aussi le rendaient absolument irrésistible.

— Qu'y a-t-il, Megan ?

Levant les yeux, elle fut prise au piège de son regard gris acier.

— Hmm... Ne devrions-nous pas rejoindre les autres ? Ils vont bientôt arriver et nous ne pouvons pas continuer à garder Jake pour nous seuls.

Ce dernier adressa un clin d'œil à Dan.

— Ton amie a tout pour faire une hôtesse admirable !

Ils se levèrent et retournèrent au bord de la piscine au moment où les autres convives commençaient à arriver.

Amanda était en train de disposer des amuse-gueules sur la table, tandis qu'Adam débouchait une bouteille de champagne.

Charles, l'air mal à l'aise dans une chemise au col empesé, arriva avec sa femme, qui portait une robe de soie bordeaux beaucoup trop étroite pour elle. D'une pâleur extrême, Neil semblait anxieux et picorait des olives d'un air absent.

Katrina fut la dernière à descendre, perchée sur des escarpins à talons aiguilles rose fuchsia, assortis à sa minirobe. En découvrant Jake, elle se jeta à son cou avec un cri de joie.

— Nous attendons d'autres personnes ? s'enquit l'acteur, une fois ces embrassades terminées.

— Non, répondit Dan.

— Quel bonheur ! Je vais pouvoir boire autant que je veux sans craindre de retrouver ma photo à la une des journaux à scandale, demain matin !

Il se dirigea vers Adam, en quête d'une coupe de champagne.

— Il ne doit pas y avoir beaucoup d'endroits où il est à l'abri de ses fans, fit remarquer Megan.

— C'est vrai, acquiesça Dan. Sortir avec lui est une expérience très étrange. Dès qu'il entre quelque part, le silence se fait, puis au bout de quelques instants s'élève un murmure passionné. Les gens ne savent pas quoi faire. Certains l'ignorent tandis que d'autres lui tapent dans le dos comme s'ils le connaissaient depuis toujours !

Amanda vint vers eux, avec un plateau chargé de coupes de champagne.

— Servez-vous. J'ai envoyé Adam chercher des disques et nous avons donné sa soirée à Sally.

Parcourant le jardin du regard, elle soupira d'aise.

— Espérons qu'il fera aussi beau pour notre mariage ! ajouta-t-elle.

— C'est pour bientôt ? s'enquit Megan.

Amanda eut un sourire radieux.

— Dans deux semaines. Ce n'est pas trop tôt ! C'est étrange comme dans cette famille les hommes traînent les pieds pour aller à l'autel.

— Les McKnight n'aiment pas agir à la légère, plaisanta Dan.

— Peut-être, mais une vieille coutume veut que l'on se décide à dire oui avant l'âge de la retraite, figure-toi... J'espère que vous viendrez, ajouta Amanda à l'adresse de Megan.

Celle-ci se tourna vers Dan, comme pour l'appeler au secours.

— Nous n'en avons pas encore discuté, intervint-il alors.

— Bon, je vais faire réchauffer le curry que Sally nous a préparé, annonça soudain Amanda, consciente de s'être aventurée sur un terrain instable. Ah ! Voilà la musique !

Ils la regardèrent s'éloigner en silence, tandis les accents passionnés d'un saxophone s'élevaient dans l'air de la nuit.

« Si seulement ce week-end pouvait durer toujours ! » se dit Megan.

Elle observa Dan à la dérobée. Son expression était indéchiffrable. A quoi pouvait-il bien songer ?

En fait, Dan s'interrogeait. Qu'avait-il donc déclenché ? Dire que, selon ses prévisions, il aurait dû en ce moment même s'ennuyer à mourir en attendant que ce week-end se termine !

Comment aurait-il pu se douter que la compagnie de Megan serait à ce point agréable ? Et troublante... Il secoua la tête, irrité contre lui-même.

— Katrina ne paraît pas très heureuse, fit observer Megan.

— Ah bon ?

C'était vraiment le dernier de ses soucis. Il était fasciné par le décolleté de Megan. Soie émeraude sur peau laiteuse. Le contraste était d'un érotisme saisissant.

— Peut-être pourrions-nous l'inciter à tomber amoureuse de Jake ? suggéra-t-elle. Il doit avoir l'habitude d'inspirer de folles passions.

— Sans doute, acquiesça-t-il d'un ton distrait. Tu veux danser ?

— Maintenant ?

Une lueur malicieuse s'alluma dans ses yeux gris.

— Oui. Demain il sera trop tard.

— Ne risquons-nous pas de paraître ridicules ? Personne d'autre ne danse.

— Et alors ? Vivons dangereusement ! Montrons-leur !

A ces mots, le cœur de Megan se serra. Comme elle était naïve ! Il ne l'avait pas invitée à danser parce qu'il en avait envie, mais parce que Katrina les observait !

Eh bien, la jeune fille allait être édifiée ! Elle allait jouer son rôle d'amoureuse avec conviction.

— D'accord, acquiesça-t-elle en nouant les bras autour du cou de Dan.

Quand il la sentit se lover contre lui, Dan dut faire un effort de volonté pour ne pas plaquer son corps contre le sien. Il brûlait de promener ses mains sur son dos, d'explorer la courbe sensuelle de ses reins... Il prit une profonde inspiration.

Par-dessus son épaule, Megan apercevait le visage défait

de Katrina. L'espace d'un instant, elle éprouva de la compassion pour la jeune fille, puis elle se rappela que celle-ci était en train de gâcher sa vie à cause d'un amour sans retour, et que plus tôt elle perdrait espoir, mieux ce serait. Son sentiment de culpabilité acheva de s'évanouir lorsque Dan la serra un peu plus fort, et qu'elle sentit son torse puissant s'écraser contre la pointe durcie de ses seins.

Comme hypnotisés par la musique, ils ondulaient langoureusement au même rythme, oublieux de tout ce qui les entourait. Lorsque Jake vient taper sur l'épaule de Dan, ils sursautèrent et le regardèrent en clignant des yeux.

— C'est mon tour, déclara Jake en prenant déjà Megan dans ses bras.

Etrangement désorienté, Dan lâcha sa cavalière.

— Je vais aider Amanda à servir, déclara-t-il.

Megan le regarda s'éloigner. Quelle ironie ! Elle dansait avec l'un des acteurs les plus célèbres d'Hollywood, et tout ce qu'elle ressentait c'était un manque cruel : celui du corps de Dan contre le sien... De l'autre côté de la terrasse, elle aperçut le regard hostile de Katrina fixé sur elle.

C'était pour son propre bien ! se répéta-t-elle en se laissant entraîner sur un rythme chaloupé.

— Depuis combien de temps êtes-vous ensemble, Dan et vous ?

— Combien de temps ? répéta Megan, un peu désarçonnée par la question.

Elle aimait bien Jake et n'avait pas très envie de lui mentir. Mais, après tout, ce n'était pas à elle de lui révéler la vérité.

— Euh... C'est très récent, répondit-elle sans se compromettre.

— Alors, je suppose que vous n'avez pas encore rencontré sa mère ?

— Non.

Il s'esclaffa.

— J'aimerais bien assister à cette rencontre.

— Pourquoi ? Comment est-elle ?

— Energique. Résolue. Dan lui ressemble énormément.

Il fit une pause.

— Bien sûr, elle se demande pourquoi il n'a pas encore trouvé de compagne, et...

— Son choix va la surprendre, acheva Megan.

... Juste avant de se souvenir que Dan ne l'avait pas choisie. De toute évidence, elle ferait bien de se surveiller. Ne commençait-elle pas à s'identifier un peu trop au personnage qu'elle avait accepté de jouer ?

— Savez-vous que vous ne ressemblez pas à l'idée que je me faisais de la fiancée de Dan ?

— C'est-à-dire ?

— En fait, vous semblez trop... nature.

— Je ne suis pas sûre d'apprécier cette remarque ! Nature ne signifie-t-il pas un peu banale ?

— Banale ? Pas du tout.

Jake eut un sourire étrange.

— Ce que je veux dire, c'est que vous ne dissimulez pas votre vraie personnalité derrière un masque.

— Oh !

C'était un point de vue.

— Et vous ? demanda-t-elle soudain.

— Que voulez-vous savoir ?

— Avez-vous l'intention de continuer à faire des films ?

— Voilà une question inhabituelle, observa-t-il, l'air surpris.

— Vous ne semblez pas apprécier cette vie.

— Vous avez raison, reconnut-il avec un soupir. En fait, j'ai envie de reprendre mes études d'archéologie. C'est ce que je faisais lorsqu'on m'a proposé mon premier rôle.

— Dan me l'a dit.

— Je suis très tenté.

Il fit une pause.

— Pensez-vous que je sois fou ?

Megan réfléchit un moment.

— Etes-vous obligé de choisir ?

— Que voulez-vous dire ?

— Eh bien, redevenir étudiant à... quel âge ?

— Trente-trois ans.

Elle hocha la tête. Bien sûr, le même âge que Dan.

— Cela risque d'être déstabilisant. Pourquoi ne pas combiner votre expérience cinématographique et votre amour de l'archéologie pour faire des documentaires, par exemple ? Ou est-ce irréaliste ?

Jake cessa de danser.

— Je ne sais pas..., répondit-il, pensif. Allons rejoindre les autres. Le dîner doit être prêt et Dan est en train de me fusiller du regard. Je ne tiens pas à avoir des ennuis.

Megan éclata de rire.

Elle était plutôt soulagée que le dîner en question soit un buffet. Elle n'avait aucune envie de bavarder avec un voisin inconnu pendant un repas qui n'en finirait pas !

En outre, elle n'avait absolument pas faim. En revanche, la soif la tenaillait. C'était une chaude soirée d'été et le champagne glacé se révélait très désaltérant. Lorsque, après plusieurs coupes, sa vue commença à se troubler, elle alla s'asseoir sur une balancelle à côté d'Amanda. Celle-ci se mit à lui décrire dans le détail sa robe de mariée, sans paraître remarquer qu'elle se contentait de hocher de temps en temps la tête d'un air entendu.

Non loin de là, Jake et Adam expliquaient à Dan, qui semblait avoir beaucoup de mal à s'intéresser à la conversation, les problèmes qu'ils rencontraient avec leurs ordinateurs. Ruth tentait sans succès de persuader son mari de se lever pour la faire danser. Quant à Katrina, elle avait disparu.

— Qui veut se baigner ? lança soudain une voix mal assurée.

Megan vit alors la jeune fille debout sur le plongeoir, en...

Elle déglutit.

Au premier abord, on aurait dit un Bikini, mais en y regardant de plus près on s'apercevait que c'étaient ses dessous ! Un balconnet de soie noire transparente qui mettait en valeur la naissance de ses seins, et un string assorti qui dévoilait une paire de fesses rebondies.

Megan jeta un coup d'œil à Dan.

Il fixait Katrina d'un regard incrédule.

Celle-ci plongea, les jambes bien tendues.

— Est-elle en état de nager ? demanda aussitôt Megan à Amanda.

— Elle a visiblement trop bu, répondit Dan avant de crier :

— Katrina, sors de là !

La tête de la jeune fille émergea de l'eau au milieu de la piscine.

— Viens me chercher !

Megan vit les traits de Dan se crisper.

— Sois gentille, Katrina, ne fais pas l'idiote et sors avant d'avoir des problèmes.

En guise de réponse, Katrina lui jeta un regard provocateur, et replongea sous la surface.

— Laisse-la, conseilla Jake en haussant les épaules.

Jake poussa un soupir exaspéré.

— Elle est ivre. Si elle continue à plonger comme ça, elle risque d'avoir un malaise... Que quelqu'un prépare du café pendant que je vais mettre mon maillot, ajouta-t-il à la cantonade avant de s'engouffrer dans la maison.

Aussi soudainement qu'elle avait plongé, Katrina sortit de l'eau et ramassa sa robe qui traînait sur le sol.

— Je suis gelée ! s'exclama-t-elle en grelottant. Je vais chercher un pull.

— Dépêche-toi ! lui cria Amanda. J'ai hâte de manger le dessert !

Personne sur la terrasse ne semblait troublé par la situation. Personne sauf Megan, qui se sentait très mal à l'aise.

Dan était dans la maison, en train de se changer, et Katrina, à moitié nue, allait sans nul doute le rejoindre. N'était-ce pas une situation explosive ?

Elle posa son verre vide par terre. Allons, tenta-t-elle de se raisonner, inutile de sombrer dans la paranoïa ! Que craignait-elle ? Que Katrina saisisse cette occasion pour se jeter sur Dan au moment où celui-ci enfilerait son maillot de bain ?

Soudain, on entendit un immense fracas, puis la voix de Katrina hurla : « Dan ! »

Tous les visages se tournèrent vers Megan, mais Adam avait déjà bondi sur ses pieds.

— Je vais voir...

— Non ! s'écria Megan.

Soudain dégrisée, elle se leva. Elle seule connaissait la vérité. Quoi qu'il se passât à l'étage, il était préférable que personne d'autre n'en fût témoin. Et pas seulement par égard pour Katrina. Par égard pour chacun.

— J'y vais. Si j'ai besoin d'aide, j'appellerai.

Elle rentra en toute hâte dans la maison et monta l'escalier quatre à quatre, se dirigeant sans réfléchir vers la chambre qu'elle partageait avec Dan.

Sans prendre la peine de frapper, elle ouvrit la porte à toute volée.

Juste à temps pour voir Katrina allongée nue sur le lit — et Dan debout en face d'elle, les dessous trempés de la jeune fille à la main.

9.

Katrina darda sur Megan un regard triomphant.

— Arrête, Dan, fit-elle d'une voix rauque. On nous observe.

Les traits de Dan étaient déformés par la colère.

— Habille-toi et sors d'ici, Katrina !

Il lui lança ses dessous.

— Si tu pars maintenant, nous oublierons cet incident. Mais si tu essaies d'envenimer les choses en t'en prenant à Megan, je te préviens que tu le regretteras.

— Je ne te conseille pas de faire un scandale, répliqua-t-elle avec un sourire méprisant. Ta réputation de gentleman en prendrait un sacré coup si tout le monde apprenait que tu m'as traînée jusqu'ici dans le but de me séduire !

A ces mots, les prunelles de Dan virèrent au gris acier. D'un ton dangereusement posé, il déclara :

— Ma patience est à bout, Katrina. Vas-tu te décider à sortir, oui ou non ?

Cette fois, la jeune fille comprit qu'elle ne devait pas insister. Avec une moue dépitée, elle ramassa son soutien-gorge et son string, mais ne fit pas un geste pour les remettre.

— Je m'en vais ! lança-t-elle d'un ton hargneux.

Elle descendit du lit sans se soucier des débris qui jonchaient le sol, puis tourna vers Megan un regard brûlant de haine.

110

— Croyez bien qu'il m'aurait fait l'amour si vous ne nous aviez pas interrompus. Demandez-lui s'il n'en avait pas envie ? Alors, que ressentez-vous ?

Megan poussa un soupir. Elle aurait bien aimé éprouver de la compassion pour Katrina, mais la scène à laquelle elle venait d'assister avait chassé le peu de sympathie qu'elle avait pour elle.

— Je vous plains beaucoup, répondit-elle pourtant. Vous êtes très belle, mais vous gâchez votre vie. Vous n'êtes pourtant pas stupide. Depuis le temps, vous devez bien avoir compris que vos sentiments pour Dan ne sont pas partagés. Pour ma part, je ne supporterais pas de m'humilier de cette façon.

Et curieusement, là où tout le reste avait échoué, la franchise et la dignité de Megan firent des miracles. Katrina se tourna vers Dan et, lisant enfin la vérité dans ses yeux, elle perdit contenance.

— C'est vrai ? Tu ne m'aimes pas ? demanda-t-elle des sanglots dans la voix.

Dan s'exhorta au calme. Après tout, elle était la première victime de l'obsession qui s'était emparée d'elle.

— Au fond de toi, tu le sais très bien, répondit-il. Je ne t'ai jamais aimée autrement que comme une sœur. Mais si tu continues à agir ainsi, tu risques de détruire cet amour.

Les lèvres de Katrina se mirent à trembler. L'instant d'après, elle se précipitait hors de la chambre et claquait la porte derrière elle.

Un long silence suivit son départ.

— Megan ? finit par appeler Dan d'une voix douce.

Elle secoua la tête en fixant le tapis.

— Tu n'es pas obligé de te justifier.

— Oh, si !

Elle leva la tête, les yeux embués de larmes.

— Pourquoi revenir sur cette scène déplorable ? D'autant que je n'ai aucune envie d'en discuter avec toi !

Il se figea.

— Tu ne crois tout de même pas que j'allais lui faire l'amour ?

— Je ne sais pas, répondit-elle.

Mais au plus profond d'elle-même, elle connaissait la vérité.

— Enfin, Megan, tu sais comment est Katrina. Ele est entrée ici pendant que j'étais en train de me changer. Elle s'est déshabillée, puis a voulu m'attirer sur le lit. C'est à ce moment-là que la lampe s'est brisée. Lorsque je lui ai ordonné de sortir, elle a aussitôt lancé son soutien-gorge à travers la pièce. Son slip a suivi.

Le visage de Dan se crispa.

— J'étais en train d'essayer de la persuader de se rhabiller et de s'en aller, quand tu es arrivée.

— Le moins qu'on puisse dire c'est que tu n'as pas été très efficace !

En entendant la pointe d'humour qui perçait dans sa voix, Dan ressentit un profond soulagement.

— Tu ne crois donc pas que c'est moi qui ai tout manigancé ?

Megan laissa échapper un petit rire.

— Oh, Dan ! L'attirer ici et lui faire l'amour sur notre lit, alors que n'importe qui pouvait entrer à tout moment ? Allons ! Je pense que tu ferais preuve d'un peu plus de finesse, quand même !

Etait-ce la façon dont elle avait dit *notre* lit ? Etait-ce la confiance qu'il lisait dans son regard ? Ou la manière dont ses seins tendus sous la soie émeraude semblaient le narguer ? Dan sentit son cœur s'affoler dans sa poitrine. Le désirait-elle autant qu'il la désirait ?

— Vraiment ? demanda-t-il d'une voix mal assurée.

— Bien sûr ! Tu n'es pas le genre d'homme à profiter de l'aveuglement d'une femme.

— Comment peux-tu en être aussi certaine, alors que je ne rêve que d'une chose : que tu sois aveuglée à ton tour pour pouvoir profiter de toi, ici et maintenant ?

Megan le dévisagea, interloquée. Etait-ce vraiment Dan qui venait de lui parler ainsi ? Pas de doute, il suffisait de le regarder pour savoir qu'il était sincère.

Il la désirait ! Ce n'était pas son imagination qui lui jouait des tours. Il la désirait depuis l'instant où ils s'étaient retrouvés tous les deux seuls dans sa voiture pour se rendre dans cette maison.

— Maintenant ?

— Oui.

— Tout le monde nous attend en bas...

— Qu'ils attendent.

— En se demandant ce qui a bien pu nous arriver, insista-t-elle.

— Je ne pense pas qu'ils se poseront la question très longtemps.

Elle sentit sa bouche s'assécher. Pourquoi Dan restait-il si loin d'elle ? La distance qui les séparait la rendait nerveuse.

— Ne reste pas si loin de moi, murmura-t-elle.

— Un pas vers toi et je crains de ne plus pouvoir me maîtriser, prévint-il, le regard fiévreux.

— Qui t'a demandé de le faire ?

Les yeux gris s'étrécirent.

— Verrouille la porte, demanda-t-il d'une voix rauque.

— Dan...

— Verrouille-la.

D'une main tremblante, elle tourna la lourde clé.

— Y a-t-il autre chose que je puisse faire pour toi ?

— Tellement de choses...

Franchissant la distance qui les séparait, il la prit dans ses bras.

— Dan...

— Ne t'arrêtes-tu donc jamais de parler ? coupa-t-il tendrement en lui saisissant le menton.

Il leva le visage vers elle, puis, avec une douceur extrême, effleura ses lèvres des siennes.

— Oh, Megan...

Elle sentit un long frisson lui parcourir l'échine quand il s'empara de sa bouche pour un baiser brûlant. Impatiente, elle posa les doigts sur sa poitrine, les laissa courir dans sa douce toison brune.

113

— Oh, Megan, Megan ! murmura-t-il comme une prière.

Il glissa les mains sur ses reins pour plaquer son corps contre le sien. Elle frémit en percevant la force de son désir contre son ventre. Le souffle court, elle se mit à onduler voluptueusement, déjà prête à s'offrir, à s'abandonner tout entière à cet homme qui la rendait folle. Pourtant, lorsqu'il commença à faire glisser la fermeture Eclair de sa robe, elle se raidit soudain.

— Dan...

A regret, il détacha ses lèvres des siennes.

— Qu'y a-t-il ? demanda-t-il d'une voix sourde.

Elle secoua la tête. Les mots justes n'existaient pas. Il y avait si longtemps...

Elle n'avait pas connu d'homme depuis bientôt deux ans... Depuis sa rupture avec David. Or, celui-ci s'était toujours montré si respectueux avec elle, presque timide.

— Il y a si longtemps... J'ai peur de ne pas être à la hauteur, avoua-t-elle d'une voix tremblante.

Il lui sourit. Un sourire tendre, qui balaya les doutes de Megan plus encore que l'humour de ses paroles.

— Ne t'inquiète pas, je suis bon pédagogue.

Elle sourit à son tour.

— J'en suis sûre.

Avec une extrême lenteur, il acheva de descendre la fermeture Eclair de sa robe de soie... et se redressa en la sentant de nouveau tendue entre ses bras.

— Tu es sûre que ça va ? Tu préfères qu'on arrête ?

— Non, vas-y, murmura-t-elle à son oreille, afin qu'il ne voie pas son visage.

Mais Dan n'osait plus. Il ne comprenait pas son changement d'attitude. Un peu plus tôt, elle brûlait pour lui d'un désir ardent, et tout à coup, elle semblait effarouchée, presque effrayée.

Pourquoi ?

Etait-ce parce qu'elle travaillait pour lui ? Parce qu'ils se voyaient tous les jours ? L'espace d'un instant, il faillit se persuader de renoncer, de dominer cette passion qui le consumait et de ne pas commettre une folie qu'il regretterait peut-être le lendemain. Mais, dans un froissement de soie, la robe émeraude tomba sur les chevilles de Megan. Alors, il comprit qu'il était déjà trop tard.

Beaucoup trop tard...

— Laisse-moi te regarder.

Malgré la flamme qui brillait dans ses prunelles, Megan ne parvenait pas à se détendre, à retrouver cet abandon confiant qu'elle éprouvait un peu plus tôt, avant que le souvenir de son inexpérience la paralyse. Elle se sentait gauche, gênée par la banalité de ses dessous. Dan devait connaître des filles tellement plus belles, tellement plus sexy...

Pourtant, lorsqu'elle le vit reculer d'un pas et la contempler avec une expression de ravissement pur, elle comprit combien elle se trompait.

— Tu es si belle !

Tombant à genoux, il saisit délicatement une de ses chevilles et la caressa d'un geste tendre.

— Dire que je te soupçonnais de porter des pantalons pour cacher tes chevilles. Tu as les jambes les plus fantastiques, les pieds les plus adorables que j'aie jamais vus.

Megan sourit.

— Vraiment ?

— Sans le moindre doute.

D'une main tremblante, Dan remonta le long de son mollet, s'immobilisa au creux du genou. Seigneur, comme elle avait la peau douce !

Enhardi par le contact des doigts de Megan dans ses cheveux, il continua son ascension, lui caressa la cuisse avec une lenteur diabolique.

Megan se mordit la lèvre inférieure. Soudain, elle n'avait plus peur. Le feu qui l'embrasait, qui courait dans ses veines comme une lave, brûlait tous ses doutes, toutes ses inquiétudes, sur son passage. A présent, elle ne pensait à rien d'autre, ne désirait rien d'autre que Dan, ses mains, ses lèvres sur sa peau... Un délicieux frisson la parcourut lorsqu'il glissa les doigts sous son slip, qu'il fit descendre le long de ses cuisses. Son souffle tiède vint caresser le triangle soyeux qu'il venait de libérer.

— Oh, Dan !

Lorsque sa langue se mit à explorer le cœur moite de sa féminité, Megan se sentit soulevée par un tourbillon de sensations enivrantes. Un long gémissement s'échappa de ses lèvres tandis qu'elle se cambrait sous les caresses expertes. Jamais elle n'avait ressenti de sensations aussi intenses, de plaisir aussi violent.

— Dan, viens, je t'en prie, supplia-t-elle.

A ces mots, Dan comprit qu'il ne pourrait pas dominer plus longtemps cette force qui bouillonnait en lui. Il ne se souvenait pas avoir déjà désiré une femme comme il désirait Megan en cet instant. Il brûlait de la recouvrir de son corps, de se perdre en elle...

— Viens, murmura-t-il alors d'une voix sourde.

La prenant par la main, il l'entraîna vers le grand lit, où il l'allongea. Puis, son regard gris toujours plongé dans le sien, il ôta prestement ses vêtements et se coucha près d'elle. Pour la première fois, leurs deux corps nus se touchèrent. A ce contact, Megan éprouva une émotion si puissante qu'elle crut défaillir. Mais, déjà, Dan la serrait dans ses bras, l'embrassait avec une infinie douceur. Puis leur baiser se fit plus fougueux, leurs mains plus ardentes... Enfin, lorsque l'attente devint insupportable pour chacun d'eux, Dan se glissa dans la douceur de son intimité et entra en elle avec le sourire d'un homme qui vient de découvrir un trésor.

Lorsque Megan ouvrit les yeux, le soleil entrait à flots dans la pièce. Dan, appuyé sur un coude, étudiait son visage comme s'il tenait à en graver chaque trait dans sa mémoire.

— Bonjour, dit-il en souriant.

— Bonjour.

Encore tout engourdie de sommeil, elle laissa échapper un bâillement. Quelle sensation exquise de s'éveiller sous la caresse de ces magnifiques yeux gris !

— Avons-nous raté le petit déjeuner?

— Pas encore, mais cela risque fort d'arriver...

Inclinant la tête, il déposa un petit baiser sur le bout de son nez.

— A moins que tu ne sois terriblement affamée?

— Oh, oui. Terriblement, acquiesça-t-elle en nouant ses mains autour de son cou pour effleurer sa bouche de ses lèvres. J'ai faim de toi.

Incapable de résister à aussi douce invite, il lui fit l'amour avec ferveur, jusqu'à ce que le plaisir les cueille en même temps et qu'ils fusionnent dans un bonheur parfait.

Lorsqu'ils eurent pris leur douche et se furent habillés, il était presque l'heure du déjeuner.

Dan bâilla, regrettant de ne pouvoir retourner aussitôt se coucher avec Megan, qui se regardait dans le miroir de la coiffeuse avec un air embarrassé.

— Je ne pense pas être capable de les affronter, dit-elle.

Il s'approcha d'elle et suivit de l'index la ligne de sa colonne vertébrale.

— Ne t'inquiète pas. Je pense que Katrina se tiendra tranquille, désormais. Tu as vu son visage. Mission accomplie.

— Mission accomplie, répéta-t-elle d'un air songeur.

Oui, ils avaient atteint le but qu'ils s'étaient fixé. Et maintenant?

— Je ne pensais pas seulement à Katrina, reprit-elle. Et les autres?

— Tu as peur qu'ils te jugent?

— Oui.

— Megan, nous partageons la même chambre depuis deux nuits, et toutes les personnes présentes dans cette maison en ont déduit que nous étions amants. Au début ce n'était pas vrai, maintenant ça l'est. Où est le problème?

Effectivement, formulé ainsi... Elle hésitait à poser la question qui lui brûlait les lèvres. Leur pacte de franchise était facile à respecter en ce qui concernait les faits, mais pour ce qui était des sentiments... D'auant qu'à ce stade d'une relation — si ce qu'ils vivaient était vraiment une relation —, il était impossible lui dévoiler les siens.

A moins de risquer de le voir prendre ses jambes à son cou !

Elle tourna les yeux vers la fenêtre.

— Crois-tu qu'il fait chaud dehors ?

— Mmm...

Perdu dans ses pensées, il lui caressa tendrement la hanche... avant de retirer sa main, comme s'il venait de se brûler. Il n'allait tout de même pas recommencer ! Déjà qu'il n'avait pas fermé l'œil de la nuit tant il était incapable de se rassasier d'elle. Pourquoi en ressentait-il une vague inquiétude ?

« Tu le sais parfaitement, persifla une voix intérieure. C'est parce que, avec elle, tu te sens différent. Et parce que, pour la première fois, tu as une aventure avec ta secrétaire. »

— Nous ferions mieux de descendre, dit-il à contrecœur.

Au bord de la piscine, ils trouvèrent Amanda et Adam qui discutaient, allongés sur des transats. Neil faisait des longueurs dans l'eau turquoise, et Charles et Ruth, étaient partis se promener.

— Où est Jake ? questionna Dan.

— Il a pris un taxi pour Londres, il y a une heure environ, répondit Adam. Et Katrina l'a convaincu de l'emmener.

— Katrina est partie ?

— Oui. Elle a fourni une vague excuse : un rendez-vous qu'elle avait soi-disant oublié. Nous n'en avons pas cru un mot, bien entendu, précisa Amanda en se poussant pour faire de la place à Megan. Que s'est-il passé la nuit dernière ? Vous avez soudain disparu tous les trois. Mais peut-être suis-je indiscrète ?

— Il y a eu un léger malentendu, répondit Megan avec prudence. Mais tout semble rentré dans l'ordre.

Amanda lui adressa un grand sourire.

— Quelle discrétion, Megan ! J'espère que Katrina va enfin cesser de harceler Dan.

Megan ouvrit de grands yeux.

— Vous étiez au courant ?

— Je m'en doutais. Il suffisait de la regarder. Je ne sais pas pourquoi il n'a pas mis les points sur les i plus tôt.

— Il a essayé, mais je pense qu'il ne voulait pas la blesser.

— C'est tout lui ! Un vrai gentleman ! Malheureusement, j'ai peur qu'il ait jusqu'à présent passé sa vie à blesser les femmes !

Megan crut recevoir un coup de poignard.

— Oh ?

— Pas intentionnellement, s'empressa de préciser Amanda. Mais il semblait incapable d'avoir une relation durable. Il finissait toujours par rompre — au plus grand désespoir de sa compagne du moment. Avec vous, c'est de toute évidence différent. Vous êtes la première qu'il amène ici. Vous devez être vraiment très spéciale, la taquina-t-elle avec un sourire malicieux.

Spéciale ? Si seulement elle savait ! songea Megan avec dérision.

— Voici ton verre, lui dit Dan d'une voix traînante.

Il fronça les sourcils.

— Quelque chose ne va pas ? Tu es bien pâle.

— Juste un peu de fatigue, répondit-elle.

Et, derrière l'écran de ses lunettes noires, elle ferma les yeux.

10.

Après le déjeuner, Dan et Megan reprirent la route pour Londres. Le voyage se révéla plutôt déprimant.

Megan était fatiguée, mais elle se sentait trop tendue pour dormir. Quant à Dan, il semblait préoccupé.

Après le déjeuner, alors qu'ils étaient remontés dans la chambre pour prendre leurs bagages, ils avaient fait l'amour sur un des fauteuils de velours. Leur étreinte, rapide et passionnée, avait comblé Megan. Mais ensuite, Dan était devenu taciturne, et elle n'avait pas osé lui demander pourquoi.

Pas question de jouer les femmes possessives et anxieuses en le harcelant de questions ! Même si, depuis sa discussion avec Amanda, elle ne pouvait s'empêcher d'éprouver un certain malaise.

Ils étaient presque arrivés chez elle, lorsqu'elle osa enfin lui jeter un regard. Pourquoi se sentait-elle si nerveuse à présent, alors qu'elle s'était débarrassée de toutes ses inhibitions au cours de la nuit ?

— Dan ?

En l'entendant l'appeler ainsi, Dan tressaillit. Quelque chose dans la voix de Megan lui faisait craindre le pire.

Une fois encore, il se reprocha son attitude. Comment avait-il pu être aussi inconscient ? Non seulement il avait emmené son assistante en week-end, mais il était devenu son amant ! Or, le bon sens lui soufflait que cette relation n'avait aucun avenir. Pourvu que Megan soit assez raisonnable pour comprendre que ce n'était qu'une parenthèse.

— Oui, Megan ?

— La situation ne va-t-elle pas devenir un peu... compliquée, à partir de maintenant ?

Il y eut un silence gêné.

— Pourquoi ?

Megan eut la chair de poule. Certes, Dan lui avait répondu poliment, mais elle sentait derrière l'apparente innocence de sa question une froide détermination.

Elle haussa les épaules avec impatience.

— A ton avis ? Le fait que nous ayons fait l'amour ce week-end risque d'avoir une légère influence sur nos relations professionnelles, tu ne penses pas ?

— Pas si nous décidons de tout oublier. C'est d'ailleurs ce que nous avions prévu au départ, non ?

C'était le contrat, en effet, songea Megan avec amertume. Ainsi, la comédie était finie. Il ne lui restait plus qu'à trouver la recette pour oublier l'inoubliable...

Lorsqu'il se gara devant chez elle, un coin des rideaux du salon se souleva.

— On dirait que ton amie te guette, fit-il remarquer d'une voix morne.

Megan se raidit. Etait-ce une illusion due à sa sensibilité exacerbée, ou avait-elle perçu une pointe de condescendance dans sa voix ?

— Oui, c'est Helen. Tu veux la rencontrer ?

Dan poussa un soupir. Les choses ne tournaient pas comme il l'avait espéré. Mais qu'avait-il espéré au juste ?

— Merci, mais j'ai pris du retard sur mes dossiers ce week-end. Il faut que je rentre travailler.

— Bien sûr.

Le regard fixé droit devant elle, Megan ajouta d'un ton glacial :

— La maison est trop modeste pour toi, c'est cela ? A moins que tu ne craignes que ma colocataire ne soit pas une lady. Ce en quoi tu aurais tout à fait raison, d'ailleurs.

— Ça suffit! Comment peux-tu avoir l'audace d'insinuer que je suis snob, alors que je ne t'ai jamais donné aucune raison de le penser?

— Je...

— C'est toujours pareil! Même ceux qui prétendent ne pas être impressionnés par les titres et l'argent ne peuvent s'empêcher de juger les autres en fonction de votre position sociale! Sous prétexte que ma famille est fortunée, je ne peux pas être fatigué ni avoir du travail sans me faire aussitôt accuser de snobisme!

— Tu sais très bien qu'il ne s'agit pas de cela! rétorqua Megan, outrée de tant de mauvaise foi. Mais puisque tu le prends ainsi, je préfère ne pas discuter. Aurais-tu l'amabilité de sortir mes bagages, s'il te plaît?

— Bien sûr.

Dan se dirigea vers le coffre, sentant sa colère se volatiliser à chaque pas. De quel droit avait-il parlé ainsi à Megan? Certes, elle l'avait agacé avec ses remarques, mais ne l'avait-il pas cherché en la prenant de haut? Car — à quoi bon se leurrer? — après ce qui s'était passé ce week-end, il fallait être le dernier des goujats pour lui parler comme il l'avait fait : comme un patron à son employée!

Pendant qu'il sortait les affaires de Megan du coffre, il la vit chercher ses clés dans son sac, puis, dans un geste maladroit, les faire tomber par terre. Aussitôt, il se précipita pour les ramasser. Lorsqu'il se releva pour les lui rendre, elle lui parut si attendrissante qu'il ne put s'empêcher de la prendre par les épaules.

— Megan...

— Oui?

— Ne boude pas.

— Je ne boude pas!

— Souris, alors!

— Je n'en ai pas envie!

— Est-ce que je peux essayer de te convaincre?

Sur ces mots, Dan se pencha vers elle et effleura ses lèvres d'un baiser furtif. Pourquoi avait-il décidé de rentrer chez lui travailler?

— Je peux entrer un petit moment, après tout, murmura-t-il.

Megan se raidit. Et consacrer quelques minutes à une étreinte rapide ? C'était cela qu'il voulait dire ? Eh bien, c'était hors de question ! Elle avait une certaine fierté, tout de même !

— Inutile. Je ne pense pas qu'Helen apprécierait de nous voir disparaître dans ma chambre dès mon arrivée.

— Ce n'est pas du tout ce que j'avais en tête !

— Vraiment ?

Megan sentit que ses mots allaient dépasser sa pensée, pourtant elle fut incapable de les retenir.

— Qu'envisageais-tu, alors ? De prendre tranquillement le thé avant d'aller visiter nos terres ?

— Très bien. Tu me prends vraiment pour un snob doublé d'un obsédé sexuel ? Dans ce cas, mieux vaut en revenir à notre plan initial.

Il la regarda droit dans les yeux pour poursuivre, d'un ton sec :

— Le temps d'un week-end, nous avons fait quelques entorses au code de conduite qui régit les relations entre employeur et employée...

— Exact.

— Ce qui nous a entraînés bien plus loin que nous l'avions escompté.

Il y eut une pause.

— Mais, afin de reprendre une relation professionnelle normale, nous devons oublier ce qui s'est passé.

Il poussa un soupir. Voilà, il l'avait dit ! Alors, pourquoi se sentait-il aussi mal ? Parce qu'il aimait bien Megan, sans doute. En fait, s'il voulait être franc avec lui-même, il devait bien reconnaître qu'il l'aimait beaucoup plus qu'il n'avait jamais aimé aucune autre femme. Elle le faisait rire, le rendait fou de rage aussi parfois, mais jamais elle ne l'ennuyait.

Il fronça les sourcils, inquiet. Et s'il l'aimait plus que « bien » ? Sinon, pourquoi brûlerait-il d'envie en ce moment même de lui arracher ses vêtements pour se perdre dans la moiteur secrète de sa féminité ?

Dans le fond, ce qu'il éprouvait pour elle n'était sans doute que du désir...

— Dan?

— Oui?

— Tu veux que nous oubliions ce qui s'est passé ce week-end? demanda-t-elle

Dans sa poitrine, son cœur battait à folle allure. Elle aurait tant voulu qu'il nie! Elle l'espérait tellement!

Mais Dan ne perçut que le détachement de sa voix. Un détachement qui lui glaça le sang, et ne fit que renforcer sa résolution. Oui, Megan était avant tout son assistante. Une employée qu'il respectait et ne voulait pas perdre... Ce qui ne manquerait pas d'arriver s'il ne mettait pas un terme immédiat à leur relation amoureuse.

En effet, comment pourraient-ils continuer à partager le même bureau après leur rupture? Car il finirait par rompre avec elle, c'était inévitable. N'en avait-il pas été ainsi avec toutes les femmes avec qui il était sorti? Pas une n'avait réussi à le retenir. Mais il est vrai que Megan ne ressemblait à aucune d'elles.

Croisant son regard interrogateur, il s'efforça de répondre de manière rationnelle.

— C'est exact. Nous devons oublier ce qui s'est passé. Pourquoi ne prendrais-tu pas une journée de congé demain pour te reposer? Lorsque tu reviendras travailler mardi, la vie aura repris son cours normal.

Les jambes de Megan menaçaient de se dérober. Pourtant, au prix d'un effort surhumain, elle parvint à lui faire un petit signe d'adieu et à franchir la distance qui la séparait du seuil de la maison. Mais, une fois la porte refermée derrière elle, elle éclata en sanglots.

Helen, abandonnant aussitôt son poste à la fenêtre, se précipita vers elle.

— Il est parti!

— Je sais, dit Megan en reniflant.

— Pourquoi pleures-tu?

— Parce que... parce que... oh, Helen!

124

Et elle se remit à sangloter.

Helen lui tendit un mouchoir, et l'observa avec inquiétude.

— Dis-moi ce qui se passe.

Megan se tamponna les yeux.

— Il se passe qu'il possède un titre de noblesse quelconque et que sa famille est propriétaire du domaine le plus fabuleux que j'aie jamais vu.

— C'est en effet une excellente raison de pleurer toutes les larmes de ton corps, ironisa son amie. Il a tout d'un perdant !

— Le problème n'est pas là !

Le visage d'Helen devint grave.

— Où est le problème ? Et la fille qui s'était entichée de lui ? Avez-vous réussi à la convaincre que vous étiez amoureux ?

Megan hocha la tête.

— Oh oui. Seulement nous nous sommes laissé prendre au jeu nous aussi, et...

— Megan ! Ne me dis pas que...

— Si ! J'ai fait l'amour avec lui et c'était extraordinaire. Et maintenant je ne sais plus quoi faire !

Sur ces mots, elle éclata de nouveau en sanglots.

— Prends les choses comme elles viennent. Que veux-tu faire d'autre ?

— Je crois que j'ai tout gâché sur le chemin du retour.

— Comment ?

Megan haussa les épaules.

— Je me suis montrée mesquine, pleine de préjugés et jalouse. J'ai prétendu qu'il était snob, alors qu'il n'y a pas moins snob que lui !

— Ne t'inquiète pas. Tu t'excuseras demain matin.

— Il m'a donné ma journée.

— Eh bien, mardi.

— Mais il a dit que nous devions oublier ce week-end !

Helen fronça les sourcils.

— Joue les indifférentes.

— Je ne veux pas jouer avec Dan !

— Il ne s'agit pas de jouer, mais de se défendre. Tu sais comment sont les hommes ? Dès qu'ils ont l'impression qu'une femme tient trop à eux, ils prennent la poudre d'escampette. Surprends-le ! Il s'attend à des crises et à des récriminations ? Alors garde ton sang-froid. La prochaine fois que tu le verras, comporte-toi normalement.

Se comporter *normalement* ? Si seulement Megan avait eu une idée de ce que cela voulait dire !

Megan se rendit rapidement compte qu'il était impossible de remonter dans le temps. Comment se remettre dans la peau d'un personnage avec lequel elle n'avait plus rien de commun ?

Pour commencer, il lui était impossible de continuer à porter ses pulls et ses pantalons informes.

— Helen ? appela-t-elle le lundi matin, du bas de l'escalier, après une nuit blanche. Travailles-tu aujourd'hui ?

— Je pars pour Rome demain. Pourquoi ?

— Parce que je suis libre et...

— Tu veux aller faire du shopping.

— Comment as-tu deviné ?

Helen apparut en haut de l'escalier, dans un T-shirt d'homme qui lui arrivait à mi-cuisse.

— Intuition féminine, répondit-elle en bâillant. Je serai ravie de t'accompagner.

Dan était déjà assis à son bureau lorsque Megan arriva le mardi matin. La veille, il avait passé une journée interminable et très peu productive, les yeux dans le vague. Quant à la nuit qui avait suivi, elle avait été aussi désastreuse que la journée. Il n'avait pas fermé l'œil.

Quand la porte s'ouvrit, il leva la tête... et se figea, interloqué.

Puis exaspéré.

Megan était vêtue d'une jupe rouge très courte et d'un T-shirt noir moulant. De ses mules en daim émergeaient des orteils aux ongles écarlates. Ses cheveux flottaient sur ses épaules, autour de son visage délicatement maquillé.

Il frissonna. Elle était superbe.

— A quoi joues-tu? questionna-t-il d'un ton acerbe.

Elle lui adressa un sourire aimable.

— Excellente journée à vous aussi, Dan! Je vais très bien, merci. Et vous?

Son pouls s'accéléra.

— Megan, s'il te plaît..., commença-t-il d'un ton implorant.

— Voulez-vous un café? J'en prépare pour moi.

Il étouffa un grognement de frustration en la voyant ressortir dans un déhanché suggestif. Essayait-elle de le punir pour ce qu'il lui avait dit en la quittant dimanche soir? Bon sang! Ce n'était tout de même pas lui qui l'avait accusée par deux fois d'être snob?

Il soupira en la voyant revenir d'un pas alerte, deux gobelets de café fumant dans les mains.

Il examina celui qu'elle lui tendit, les sourcils froncés.

— Où est donc passé le service de porcelaine?

Megan s'assit à son bureau et se mit à boire à petites gorgées, tout en l'observant avec un sourire railleur.

— C'est la première fois que tu te plains à ce sujet.

— En effet.

Toute la matinée, il fut incapable de se concentrer sur la moindre tâche. C'était bien la première fois, également! Impossible de détacher ses yeux des chevilles de Megan, qu'elle croisait et décroisait sans cesse.

Il leur lançait des regards furieux.

Vers l'heure du déjeuner, elle finit par lever la tête.

— Quelque chose ne va pas, Dan?

— Pourquoi cette question?

— Parce que tu n'as absolument rien fait depuis que je suis arrivée ce matin.

— Ah oui? Et à qui la faute, d'après toi?

— Je ne comprends pas.

— Vraiment ? questionna-t-il en se levant.

— Vraiment.

— Eh bien, je vais te le dire. C'est toi la responsable !

— Moi ?

— Qu'est-ce qui te prend de venir travailler dans cet accoutrement ?

Ses yeux étaient fixés sur la naissance de ses seins.

— Qu'as-tu à reprocher à ma tenue ?

— Tout ! cria-t-il.

Promenant son regard sur son ventre plat et ses hanches pleines, il crut qu'il allait exploser de frustration.

— Rien ! reprit-il, prouvant qu'il n'avait pas peur des contradictions.

Megan hocha la tête.

— Si je comprends bien, tu lui reproches tout et rien ?

Penché au-dessus de son bureau, il la fixait avec une telle intensité qu'elle sentit les pointes de ses seins se tendre de désir.

Un détail qui n'échappa pas à Dan, qui, sans crier gare, contourna son bureau et la hissa sur ses pieds.

Elle leva vers lui un regard surpris.

— Dan ?

— Dan ? répéta-t-il d'un ton moqueur.

Mais il était si furieux et excité à la fois qu'il écrasa sauvagement sa bouche contre la sienne. Jamais il n'avait embrassé une femme avec autant de passion !

Répondant avec ardeur à son baiser, Megan se colla à lui. Comment tout cela allait-il se terminer ?

En fait, ce n'était pas très difficile à deviner... Il était temps que l'un d'entre eux fît preuve d'un minimum de sagesse.

— Dan, s'il te plaît !

— Oh, inutile de me supplier, murmura-t-il d'une voix douce. J'ai tellement envie de toi !

— Dan !

Mais son cri de protestation mourut dans sa gorge

lorsqu'il glissa la main entre ses cuisses. Elle fut parcourue d'un spasme délicieux.

Les prunelles assombries, il la regarda se mordiller la lèvre, tandis qu'à travers le fin tissu de sa culotte de soie, il effleurait du pouce sa fleur secrète.

Aiguillonné par le désir, il l'allongea sur le bureau et la débarrassa de l'encombrant dessous.

— Dan! cria-t-elle, tandis qu'une multitude de feuilles de papiers voltigeaient jusqu'au sol.

— Oh oui, prononce mon nom. J'aime tant te l'entendre dire!

Au moment où, dans un élan irrépressible, il prenait possession de son corps brûlant, elle l'appela une fois encore. Elle sentit une délicieuse chaleur se répandre dans tout son être. Les doigts crispés sur sa nuque, ses seins tendus écrasés contre son torse puissant, elle se laissa gagner peu à peu par la jouissance.

Jusque-là, ils avaient toujours fait l'amour dans l'obscurité, sous la protection des draps et des couvertures. Jamais en pleine lumière sur le...

Et soudain, ce fut comme si le monde chavirait. Une ultime vague les propulsa en même temps au sommet de la volupté, avant de refluer lentement, les laissant épuisés et hors d'haleine.

Ce fut à ce moment que la sonnerie du téléphone retentit.

11.

Les heures qui suivirent furent les plus embarrassantes que Megan eût jamais vécues.

D'abord, elle fut obligée de chercher sa petite culotte de dentelle à quatre pattes parmi les papiers éparpillés.

— Aurais-tu perdu quelque chose?

Levant la tête, elle vit Dan brandir le morceau de soie noire avec un sourire ironique.

A ce moment précis, des coups retentissants furent frappés à la porte.

— Megan?

— N'entrez pas! hurla-t-elle.

— Un énorme bouquet de fleurs vient d'arriver pour vous!

— Laissez-les dehors.

Un murmure se fit entendre de l'autre côté de la porte. Que pouvaient bien penser les autres employés? se demanda-t-elle en frissonnant. Dire que Dan et elle n'avaient même pas pris soin de verrouiller la porte!

— N'importe qui aurait pu entrer! lança-t-elle d'un ton cassant.

Dan secouait la tête d'un air incrédule tout en achevant de se rhabiller. Quelle folie s'était donc emparée de lui? Etait-ce vraiment lui qui venait de faire l'amour à Megan sur le bureau?

— Je le sais bien ! rétorqua-t-il en éteignant son ordinateur d'un geste impatient.

Décidément cette fille lui faisait perdre la raison !

— Je ne peux pas rester ici, annonça-t-il. Je vais aller travailler dans l'un des bureaux virtuels. Appelle-moi si tu as besoin de moi.

Haussant les épaules, elle ne daigna pas répondre.

Softshare disposait de nombreux bureaux « virtuels », qui n'étaient attribués à personne en particulier et dans lesquels n'importe quel employé pouvait brancher son ordinateur et se connecter au réseau pour travailler.

Dans sa hâte de quitter la pièce, Dan faillit arracher la porte de ses gonds. Sur le seuil était posé un énorme bouquet de fleurs. Il prit l'enveloppe qui l'accompagnait et sur laquelle était simplement inscrit « Megan ».

Il fronça les sourcils.

— Qui a bien pu envoyer ces fleurs ? s'interrogea-t-il à voix haute.

Megan lui arracha la carte des mains et ramassa le bouquet, qu'elle prit dans ses bras d'un geste protecteur.

— Tu aimerais bien le savoir, n'est-ce pas ? dit-elle d'un air mystérieux.

Mais elle-même se demandait bien de qui il s'agissait...

Dès que Dan se fut éloigné, elle s'empressa d'ouvrir l'enveloppe. Sur la carte contenue à l'intérieur, elle lut alors : « Avec tous mes remerciements pour vos conseils éclairés. Amitiés. Jake. »

Les fleurs étaient splendides — bleues et blanches comme un ciel d'été, elles exhalaient un parfum exquis. Mais Megan n'avait pas le cœur à se réjouir. Par provocation, elle les posa sur son bureau, en espérant que Dan ne pourrait s'empêcher de l'interroger sur leur provenance. Hélas, quand le soir arriva, elle rentra chez elle sans l'avoir revu.

*
**

Le lendemain, Dan prenait l'avion pour la Suède, où il devait rester deux jours. Jusqu'à son départ, l'atmosphère resta tendue.

— Je t'ai loué une voiture pour 10 heures, annonça-t-elle.

Etait-ce le fruit de son imagination ou avait-il l'air épuisé ?

— Merci.

— Voici ton billet d'avion et ta réservation d'hôtel.

Il prit la pochette qu'elle lui tendait en évitant son regard.

— Merci encore.

— Je pense que c'est tout.

— Megan...

— Non, s'il te plaît, coupa-t-elle sèchement. Je n'ai que faire de ta sympathie !

— Nous ne pouvons pas continuer à nous comporter comme si rien ne s'était passé !

— Parce que tu trouves que c'est ce que nous faisons ? Nous travaillons dans des bureaux séparés, et nous ne nous adressons plus la parole, sauf lorsque c'est absolument nécessaire. Et encore, il faut voir sur quel ton !

Il hocha la tête.

— Je sais.

Il y eut un long silence gêné. Oublier Megan se révélait beaucoup plus ardu qu'il ne l'aurait cru. Même lorsqu'elle n'était pas physiquement présente, son image ne cessait de le hanter. Après de longues réflexions, il en était arrivé à la conclusion qu'ils pourraient peut-être continuer à se voir — mais à condition de ne plus travailler ensemble.

Il la considéra un long moment.

— Figure-toi que j'ai bien envie de proposer ton nom pour une promotion.

Elle se raidit.

— Une promotion ?

— Oui. L'assistante du vice-président part s'installer en France. Son poste est libre. C'est une occasion inespérée.

Megan le fixa d'un air incrédule. Ce n'était pas possible ! Tout au fond d'elle-même elle savait que leur relation n'avait pas d'avenir. Mais de là à imaginer qu'il n'hésiterait pas à se débarrasser d'elle à la première occasion !

— Qu'en penses-tu ?

— Tu n'espères tout de même pas que je vais te remercier de réorganiser ma vie sans me demander mon avis ? Et de m'envoyer travailler pour quelqu'un avec qui j'ai à peine échangé deux mots depuis que je suis ici !

— Marty apprécie beaucoup ton travail.

— Oh, vraiment ? Pourtant, je suis certaine que s'il me croisait dans le couloir il ne me reconnaîtrait même pas.

Elle darda sur lui un regard accusateur.

— Que lui as-tu raconté exactement, Dan ? C'est étonnant qu'il soit prêt à m'offrir le poste sans même avoir eu un entretien avec moi.

Il la regarda d'un air abasourdi.

— Tu crois que je lui ai parlé de notre... aventure ?

Ainsi, leur relation n'était pour lui qu'une simple aventure ? Elle ressentit une douleur vive dans la poitrine.

— Lui en as-tu parlé ?

— Bien sûr que non !

— Alors tu lui as peut-être décrit ce qui s'est passé dans cette pièce hier ?

Dan devint blanc de rage.

— Pour qui me prends-tu ?

Elle haussa les épaules sans répondre.

— Voilà ce qui arrive quand on mélange vie professionnelle et vie privée ! fulmina-t-il. La situation dégénère.

Seigneur ! Quelle souffrance ! C'était comme si Megan avait une plaie béante à la place du cœur.

— Comment le saurais-je ? C'est la première fois que ça m'arrive ! rétorqua-t-elle. Mais ce qui paraît très clair, c'est que je n'ai pas mon mot à dire sur mon avenir dans cette société.

Il prit une profonde inspiration.

— Megan...

— Non, coupa-t-elle d'un ton obstiné. Inutile d'essayer de m'amadouer.

— Tu refuses donc de changer de poste?

Elle fixa sur lui un regard qui se voulait glacial. Mais en son for intérieur, elle savait qu'il avait raison. Comment supporterait-elle de passer ses journées dans la même pièce que lui? Il était inutile de remuer le couteau dans la plaie.

— J'accepte, au contraire, dit-elle.

12.

Lorsque Dan revint de Suède, l'organigramme de Soft-share avait été remanié.

Megan, qui occupait désormais le poste d'assistante du vice-président, s'accommodait fort bien de ce changement d'affectation. Travailler pour Marty Shreve était très agréable. C'était un homme aimable et plein d'humour.

Et surtout, il était marié et heureux de l'être !

Sa remplaçante auprès de Dan, une femme charmante et apparemment très efficace, avait dépassé la cinquantaine. Ce qui remplissait Megan d'aise.

— Bien fait pour lui, dit-elle à Helen, un soir en rentrant du bureau.

— Tu ne trouves pas que tu es un peu dure ?

— Je n'en crois pas mes oreilles ! Aurais-tu oublié qu'il n'a pas hésité à me laisser tomber après s'être servi de moi ?

Helen soupira.

— Je ne sais plus quoi penser. Pourquoi n'essaies-tu pas de lui parler ? Il a déjà téléphoné deux fois.

— Il n'en est pas question !

— D'accord, cela te regarde. En revanche, j'aimerais bien savoir si tu as aussi pris la décision de ne plus jamais sourire ?

— Bien sûr que non ! se récria Megan.

Pour prouver sa bonne volonté, elle fit une tentative, qui arracha une moue sceptique à son amie.

— On dirait que tu auditionnes pour un rôle dans un film d'épouvante !

Megan s'apprêtait à répliquer quand la sonnerie du téléphone l'en empêcha. D'un geste brusque, elle décrocha.

— Allô ?

— Megan ?

La voix à l'autre bout de la ligne était profonde et chaleureuse, mais elle ne la fit pas frissonner.

— Bonjour, Jake.

— Ça n'a pas l'air d'aller très fort !

Elle ouvrit la bouche pour protester d'un ton enjoué, mais ses lèvres se mirent à trembler.

— Oh, Jake ! gémit-elle.

— C'est à cause de Dan ?

— Comment avez-vous deviné ?

— Je suis acteur. Etudier le comportement humain fait partie de mon travail. Je viendrais bien vous voir, mais votre vie risquerait d'être bouleversée à jamais. Les journalistes ne vous laisseraient pas de répit.

Il y eut une pause.

— Viendrez-vous au mariage ?

— Quel mariage ?

— Celui d'Amanda et d'Adam. Vous vous souvenez ? C'est ce week-end.

— Je ne peux pas.

— Pourquoi ?

— Parce que je ne suis pas invitée.

— Mais si ! Amanda m'a dit qu'elle avait ajouté votre nom sur le carton de Dan. Il ne vous a pas prévenue ?

— Non, répondit-elle d'un ton lugubre, sans préciser qu'elle refusait de prendre ses appels.

— Dans ce cas, pourquoi n'accepteriez-vous pas d'être ma cavalière ?

Megan hésita. Les raisons ne manquaient pas de refuser cette proposition... Mais, curieusement, elle n'arrivait pas à s'y résoudre.

Inutile de se voiler la face : depuis ce week-end doux-amer, elle avait perdu sa joie de vivre. Dan avait sans doute remplacé son nom par un autre. L'avait-il aussi remplacée dans son lit ? Si c'était le cas, ne serait-il pas préférable d'affronter la réalité plutôt que d'adopter la politique de l'autruche ?

— D'accord, Jake. Je vous remercie de votre invitation.

— A votre ton, on dirait que c'est une punition !

— Je ne voulais pas...

— Ne vous inquiétez pas, coupa-t-il en riant. C'est très bon pour mon ego démesuré.

— Jake...

— Je sais, coupa-t-il en soupirant. Vous préféreriez que je n'en parle pas à Dan.

— A personne, précisa-t-elle d'une voix ferme.

Elle venait de raccrocher lorsque le téléphone sonna de nouveau.

Encore une voix chaleureuse... Mais cette fois, son cœur fit un bond dans sa poitrine.

— Megan ?

— Dan ?

A l'autre bout du fil, Dan tressaillit. Pourquoi ce ton étonné ? S'attendait-elle à quelqu'un d'autre ? Il prit une profonde inspiration pour se calmer. Ce n'était pas le moment de tout gâcher en lui posant des questions.

— Oui, c'est moi. Comment vas-tu ?

— Très bien.

— Tu ne m'as pas rappelé.

— C'est exact.

L'aplomb avec lequel elle lui répondit faillit lui arracher un sourire. C'était Megan tout craché !

— J'ai été débordé par la préparation du mariage. Je suis témoin et...

— As-tu une raison particulière de me téléphoner ?

coupa-t-elle avec froideur. Ou voulais-tu seulement me donner des détails sur ton emploi du temps ?

— Es-tu libre samedi prochain ?

— Non.

A ces mots, Dan sentit une rage froide l'envahir. Qu'avait-elle prévu samedi ? Et avec qui ? Pourtant, se souvenant qu'il n'avait aucun droit sur elle ni sur sa vie, il s'obligea à répondre d'un ton détaché :

— Dommage, je voulais t'inviter au mariage. Adam et Amanda tenaient beaucoup à ta présence.

— Vraiment ? railla Megan, dont le cœur se serra.

Ainsi, il ne lui proposait de l'accompagner que pour faire plaisir à Adam et Amanda, pas parce qu'il avait envie de la revoir.

Devait-elle lui dire qu'elle était déjà invitée ? Ou arriver sans prévenir au bras de Jake, au risque d'alimenter les commérages ? D'un autre côté, si elle le prévenait, n'allait-il pas choisir une autre cavalière ?

Elle était déchirée. Mentir était tellement étranger à sa nature ! Pourquoi ne pas tout lui révéler et... ?

La voix chaude interrompit le cours de ses réflexions :

— Dommage. Ils auraient été ravis que tu viennes. Au revoir, Megan.

— Au revoir, répéta-t-elle en écho, avant de raccrocher.

Voilà, le sort en était jeté, songea-t-elle, fataliste. Il était temps maintenant de songer aux détails pratiques. Si elle voulait une tenue chic, propre à impressionner Dan, elle allait devoir la louer.

Dès le lendemain, elle se rendit dans une boutique spécialisée dans la location de tenues de soirée, qui prodiguait par ailleurs des conseils en matière de style. Ironie du sort, elle y apprit que la seule couleur qu'elle devait éviter à tout prix était le jaune ! Après plusieurs essayages peu convaincants, elle enfila une robe gris argent qu'elle avait d'abord écartée. Lorsqu'elle sortit de la cabine d'essayage, tout le personnel du magasin en resta bouche bée. Quant à elle, elle en eut le souffle coupé.

— Quelle transformation ! murmura-t-elle.

C'était une de ces robes qui n'ont l'air de rien tant qu'elles sont sur un cintre. Un simple fourreau, mais confectionné dans un tissu magique. D'une fluidité extraordinaire, il suivait chaque mouvement de son corps dans un chatoiement de lumière, et épousait ses courbes sensuelles comme une seconde peau. Une capeline à large bord un ton plus sombre et des chaussures assorties l'accompagnaient. La tenue idéale pour paraître au bras de l'un des hommes les plus célèbres du monde ! songea Megan avec jubilation.

Le mariage devait avoir lieu à Knightsbridge, puis les parents d'Amanda accueilleraient les invités dans leur maison londonienne. Une heure avant le début de la cérémonie, une immense limousine aux vitres teintées se gara en douceur devant chez Megan.

— Le voilà ! s'exclama Helen, qui guettait à la fenêtre depuis un bon moment. Seigneur ! Il descend de la voiture ! Megan, viens vite ! Il va sonner à la porte.

— Qu'attends-tu pour lui ouvrir ?

— Impossible ! Je suis trop impressionnée ! Je vais être incapable d'articuler un mot.

— Helen, si je suis capable de lui parler, tu dois l'être aussi.

— C'est différent ! protesta son amie. Jake Haddon ne te fait aucun effet parce que tu es amoureuse de Dan. C'est d'ailleurs certainement ce qui lui plaît chez toi. Pourquoi la vie est-elle si compliquée ? ajouta-t-elle en poussant un soupir.

— Je t'en prie, va ouvrir la porte ! cria Megan, tout en rectifiant une dernière fois sa coiffure.

Helen avait-elle raison ? Etait-elle amoureuse de Dan ?

Combien de fois avait-elle tenté de se persuader du contraire? Ce n'était qu'un engouement passager, se répétait-elle à longueur de journée. Elle le connaissait depuis trop peu de temps. Ce qu'elle ressentait pour lui n'était que du désir... Mais rien n'y faisait. C'était bel et bien de l'amour, comment en douter? Dan était l'homme de sa vie. Pour son plus grand malheur.

Jake était resplendissant dans une redingote de velours pourpre et un pantalon cigarette de satin noir.

— Comment me trouves-tu? questionna-t-il en pivotant sur lui-même.

— Magnifique! s'extasia Helen.

— Très différent de la dernière fois, observa Megan en réprimant un sourire.

L'église était une oasis de calme et de beauté dans la cohue londonienne. Lorsqu'ils y entrèrent, ils furent accueillis par un murmure d'admiration, et Megan entendit la question qui brûlait toutes les lèvres: « Qui est la jeune femme au bras de Jake Haddon? »

Puis elle crut défaillir quand le marié, remontant l'allée vers l'autel, passa près d'eux en compagnie de son témoin...

Dès qu'il pénétra dans l'église, Dan fut averti de la présence de Megan par un sixième sens dont il ignorait tout jusqu'à ce jour. Ses yeux ne tardèrent pas à repérer leur cible et il dut faire un effort surhumain pour ne pas s'arrêter au milieu de l'allée afin de l'admirer tout à loisir.

C'était, sans exagération, la femme la plus belle et la plus élégante de toute l'assemblée.

En voyant qu'elle était en compagnie de Jake, il ressentit une jalousie aiguë. C'était donc pour cette raison qu'elle ne l'avait jamais rappelé? Elle avait jeté son dévolu sur la star d'Hollywood! S'il n'avait pas eu des obligations envers son frère, il se serait précipité sur son ami pour lui décocher un coup de poing en pleine figure!

Megan baissa les yeux sur ses mains tremblantes. Vivement que la cérémonie se termine ! Rester assise dans l'église à se demander laquelle de toutes ces femmes extraordinaires pouvait être la cavalière de Dan était un vrai supplice. Jamais elle n'aurait dû accepter l'invitation de Jake !

Mais lorsque Amanda finit par apparaître, éblouissante dans sa robe de mariée, le visage inondé de bonheur, elle se laissa gagner par l'émotion. Au moment de l'échange des alliances, elle ne put retenir quelques larmes.

Quand les mariés et leurs témoins redescendirent l'allée au son de *La Marche nuptiale*, elle garda les yeux fixés sur l'autel, bien déterminée à ne pas tourner la tête vers Dan.

Aussi, fut-ce sans succès que celui-ci essaya de capter son regard lorsqu'il passa à sa hauteur. Non seulement elle ne se tourna pas vers lui, mais comme si elle cherchait à le narguer, elle choisit ce moment pour rire à une phrase que Jake lui murmurait à l'oreille. S'il s'était écouté, Dan aurait bondi sur l'acteur pour l'étrangler. N'avait-il donc pas assez d'admiratrices à ses trousses ? Comment osait-il bafouer ainsi leur amitié en lui soufflant celle qu'il lui avait présentée comme sa future fiancée ?

A l'extérieur de l'église, Megan se retrouva rapidement séparée de Jake par une foule d'admirateurs qui s'agglutina autour de l'acteur. Elle en profita pour surveiller Dan du coin de l'œil.

Dans son élégant costume gris à fines rayures, il était irrésistible. Une femme d'un certain âge, debout à côté de lui, le couvait des yeux comme si elle assistait à un miracle permanent. Une autre, plus jeune, s'arrêta à sa hauteur pour lui parler tout en le saisissant par une boutonnière d'un geste familier.

La voix compatissante de Jake la sortit de sa contemplation. Apparemment, l'acteur était parvenu à échapper à ses fans.

— La voiture nous attend. Souhaitez-vous que nous nous rendions à la réception ?

Malgré la souffrance qui lui vrillait le cœur, Megan ne put s'empêcher de se réjouir à l'idée d'être enlevée par Jake Haddon devant tous les invités. Y compris Dan...

De fait, la frustration de Dan atteignit son comble lorsqu'il la vit disparaître à l'intérieur de la luxueuse limousine de Jake. Mais il ne pouvait tout de même pas lui courir après devant tout le monde ? Ni lâcher la main de sa jeune demoiselle d'honneur qui, du haut de ses cinq ans, venait de lui annoncer qu'elle se marierait avec lui quand elle serait grande...

— Si tu veux mon avis, opte plutôt pour le célibat, mon petit cœur, lui conseilla-t-il en regardant Jake grimper à son tour dans la limousine.

La mère de la petite fille, qui, comme toute l'assistance, avait les yeux fixés sur l'acteur et sa cavalière déclara, avec une pointe de regret :

— Cette jeune femme a de la chance. Que de cœurs vont être brisés si la nouvelle se répand !

L'expression extasiée qu'elle affichait mit Dan hors de lui.

— Quelle nouvelle ? rétorqua-t-il d'un ton revêche. Ils viennent juste d'assister ensemble à un mariage, pas d'annoncer leurs fiançailles !

Pour rien au monde Megan n'aurait raté la promenade en limousine avec Jake. Pourtant, lorsque le chauffeur s'arrêta devant la maison des parents d'Amanda, elle sentit la panique la gagner.

Mais ce n'était pas le moment de flancher. Si elle était venue, c'était bien parce qu'elle se sentait capable d'affronter Dan, non ? Aussi, résolue à garder son sang-froid, elle prit le bras que Jake lui offrait et pénétra dans le vaste hall, la tête haute.

142

— Je vais vous présenter à la mère de Dan, annonça son cavalier d'un ton joyeux. Je suis certain que vous allez vous entendre à merveille, toutes les deux.

La mère de Dan !

A cette nouvelle, Megan faillit faire demi-tour et s'enfuir à toute allure. Comment n'y avait-elle pas pensé ? Il était évident qu'elle serait présente. Elle était non seulement la mère du témoin, mais aussi celle du marié !

Les jambes tremblantes, elle suivit Jake comme dans un épais brouillard.

— Lady McKnight, je vous présente Megan Philips.

Levant les yeux, elle se retrouva face à une femme mince, très élégante dans une robe rose corail. Ses beaux cheveux gris, coiffés en un chignon impeccable, étaient assortis à ses yeux. L'espace d'un instant, Megan fut tellement impressionnée qu'elle faillit s'incliner pour faire une révérence !

— Je... suis enchantée de faire votre connaissance, déclara-t-elle.

Debout près de sa mère, Dan faillit suffoquer de rage. Comment Jake osait-il ainsi présenter Megan à sa mère, juste sous son nez ? Pour qui se prenait-il donc ? Les poings serrés, il hésitait encore à prendre son ami — ou devait-il déjà dire son ex-ami ? — au collet pour le jeter dehors, quand soudain le sens des paroles qu'il était en train de prononcer lui parvint au cerveau. Aussitôt, l'étau qui lui comprimait la poitrine depuis qu'il était entré dans l'église se desserra.

— C'est la compagne de Dan. Il l'a amenée à Edgewood il y a une quinzaine de jours...

— Vous vous étiez foulé la cheville, précisa Megan.

— En effet, acquiesça lady McKnight en jetant un coup d'œil à sa cheville droite, enserrée dans un plâtre. Cela m'apprendra à jouer au tennis avec un partenaire deux fois plus jeune que moi !

Avec un sourire chaleureux, elle tendit la main à Megan.

— Je suis ravie de faire enfin votre connaissance, mademoiselle. J'ai beaucoup entendu parler de vous après votre visite. Il paraît que vous êtes la compagne idéale pour Dan. Vous ne pouvez pas vous imaginer à quel point je suis soulagée de savoir que mes deux fils vont bientôt me donner des petits-enfants, ajouta-t-elle à voix basse.

A ces mots, Megan crut mourir d'embarras. Mais ce n'était pas le moment d'expliquer à lady McKnight qu'elle avait à peine échangé deux mots avec son fils depuis ce fameux week-end !

— C'est un très beau mariage, se contenta-t-elle d'affirmer, avant de se tourner vers Adam et Amanda, qui venaient de les rejoindre, pour les embrasser.

Elle commençait à peine de se remettre de cet échange avec la mère de Dan, quand une voix familière à côté d'elle l'obligea à faire volte-face.

— Que t'a dit ma mère, exactement ?

Prise de court, elle fit semblant de ne pas comprendre.

— Nous trouvions toutes les deux que ce mariage était très réussi.

— Ce n'est pas ce que je te demande, tu le sais très bien !

Elle haussa les épaules.

— Allons, Dan, essaie de garder ton sang-froid. N'oublie pas que tu es témoin. Tu as un rôle à tenir.

Elle vit Jake s'empourprer. De toute évidence, il était fou de rage. A tel point que lorsqu'il se pencha vers elle, elle crut un instant qu'il allait la gifler... ou l'embrasser. Mais, Dieu merci, il se contenta de murmurer à son oreille :

— Ecoute-moi, Megan. Nous devons...

— Nous réjouir que le soleil soit de la partie ? coupa-t-elle avec une désinvolture qu'elle était loin de ressentir. Tu as raison, Jake. Ce mariage est vraiment un succès, tu ne trouves pas ?

Sur ces paroles, elle pivota sur les talons et s'éloigna

d'un pas rapide, consciente des regards assassins que lançait Jake dans son dos.

Elle sortit du hall pour rejoindre le chapiteau qui avait été dressé dans le jardin. Des serveurs y proposaient des coupes de champagne. Elle en saisit une d'une main tremblante.

Les yeux clos, elle s'adossa à un pilier. Quelle ironie ! Lady McKnight ne ressemblait en rien à la snob conservatrice que Katrina lui avait décrite ! Très chaleureuse, elle avait au contraire fait preuve d'une grande simplicité. La joie avec laquelle elle semblait envisager la perspective d'avoir Megan pour belle-fille n'en rendait que plus cruelle la situation.

En entendant les applaudissements qui accueillaient les mariés sous le chapiteau, elle sut qu'elle ne pouvait pas rester là un instant de plus. Le bonheur des autres était parfois insupportable. Inutile de se donner en spectacle et de gâcher l'atmosphère de la fête par une crise de larmes.

Posant sa coupe vide sur une table, elle ramassa son sac et se dirigea vers la sortie, les jambes en coton.

Sa petite demoiselle d'honneur sur les épaules, Dan entra sous le chapiteau, qu'il balaya du regard. Aucune trace de Megan. Où était-elle donc passée ?

— Maman ?

Dans la foule, la fillette venait de repérer sa mère. Jake en profita pour se diriger vers elle, et lui remettre son fardeau, non sans s'excuser de sa brusquerie à la sortie de l'église en lui adressant un sourire lumineux.

— Vous n'auriez pas aperçu la jeune femme en robe argentée, par hasard ?

Charmée par son sourire, elle répondit avec empressement :

— La petite amie de Jake Haddon ?

— Oui, acquiesça-t-il à contrecœur.

— Je l'ai vue prendre son sac il y a une minute. Elle est partie.

— Partie ?

Dan eut l'impression qu'on venait de lui assener un coup de poing dans l'estomac.

— Partie où ? s'écria-t-il.

Puis, sans attendre de réponse, il s'élança vers la sortie.

Il avait l'impression de vivre un cauchemar. Toutes les deux secondes, il était arrêté par des invités qui tenaient absolument à lui parler, alors qu'il n'entendait rien de leurs propos. Les battements de son cœur et le sang qui cognait à ses tempes recouvraient le bruit des conversations d'un vacarme infernal. Il se contenta donc de hocher la tête chaque fois que quelqu'un lui adressait la parole et, au bout d'un moment qui lui parut interminable, il réussit enfin à atteindre la sortie.

Mais une fois dehors, le cauchemar ne fit qu'empirer. Ce jardin, immense, était plein de recoins, d'alcôves, de buissons et de serres. Où la trouver dans ce dédale ? Il erra un long moment, l'esprit confus, avec une seule et unique certitude : il devait lui parler, s'expliquer. Ici, ce soir.

Ce fut en entrant dans la roseraie qu'il l'aperçut. Assise sur un banc de bois, sous une tonnelle de roses jaunes et blanches, elle ressemblait à une apparition.

Dès qu'elle l'entendit, elle leva la tête... et se rembrunit en le reconnaissant.

Dan regarda autour de lui d'un air suspicieux.

— Où est-il ?

Elle fronça les sourcils.

— Qui ?

— Ne fais pas l'innocente ! De qui peut-il bien s'agir, à ton avis ?

— Je n'en ai pas la moindre idée. Sinon pourquoi te poserais-je la question ?

— Jake, bien sûr !

Elle haussa les épaules avec indifférence.

— A l'intérieur, je suppose. Entouré d'une nuée d'admiratrices, comme d'habitude.

146

Dan l'observa, perplexe. A première vue, ce n'était pas la réponse d'une femme se consumant d'amour. Il devait en avoir le cœur net.

— Vous êtes ensemble, Jake et toi ?

— Ensemble ? répéta-t-elle en levant vers lui un regard incrédule. Qu'entends-tu par là, Dan ?

— Tu m'as très bien compris !

— Tu penses que je couche avec Jake, c'est ça ?

— Megan...

— Crois-tu vraiment que je pourrais passer ainsi de ton lit au sien comme ça, en quelques jours ? C'est là l'image que tu te fais de moi ?

— Bien sûr que non !

— C'est pourtant ce qu'implique ta question ! Et de toute façon, si c'était vrai, cela ne te regarderait pas !

— Au contraire !

— Ah oui ? Et en quel honneur ?

La réponse fusa sans que Dan eût le temps de réfléchir :

— Parce que je t'aime !

Mon Dieu, comment était-ce possible ? Ces mots, qu'il n'avait jamais dits à aucune femme, venaient de lui échapper sans même qu'il s'en rende compte.

Des mots qui laissèrent Megan abasourdie. Pourtant, s'efforçant de ne rien laisser paraître de l'immense espoir qui venait de l'envahir, elle répliqua d'un ton détaché :

— Vraiment ?

Les yeux de Dan s'étrécirent. De toute évidence, le combat n'était pas terminé.

— Oui, vraiment, murmura-t-il avec tendresse.

— C'est tout ?

Il esquissa un sourire.

— Cela ne te suffit pas ?

— Bien sûr que non ! cria-t-elle en refoulant ses larmes. Car si c'était vraiment le cas, tu ne m'ignorerais pas comme tu le fais depuis notre retour d'Edgewood !

Devant tant de fougue, Dan ressentit un immense soulagement. Cette réaction agressive le rassurait bien plus que n'importe quelle déclaration passionnée !

— Je ne t'ai jamais ignorée, contra-t-il.

Elle lui jeta un regard dubitatif.

— Combien de fois as-tu essayé de me contacter ?

— Je t'ai téléphoné !

— Trois fois !

— Les deux premières, tu as refusé de me parler, et la troisième, tu t'es montrée glaciale ! Je suis passé plusieurs jours de suite à ton nouveau bureau pour t'inviter à déjeuner, mais je ne t'y ai jamais croisée.

Megan se souvint en effet qu'elle était souvent sortie déjeuner à l'extérieur. Marty la trouvait pâlichonne, et il avait insisté pour qu'elle prenne l'air le midi.

— Tu aurais pu laisser un mot, fit-elle observer.

— Pour te dire quoi ? Que j'avais enfin rencontré la femme de ma vie, mais que je ne savais pas comment m'y prendre pour le lui avouer ? Je t'aime, Megan, répéta-t-il en désespoir de cause. Je n'aimerai jamais que toi.

Elle ouvrit la bouche pour répondre, mais aucun son n'en sortit.

Alors, il s'approcha d'elle et lui prit les mains pour l'aider à se lever. Puis il l'attira vers lui, referma ses bras autour d'elle, et, avec une extrême douceur, la berça jusqu'à ce que cessent les tremblements qui la secouaient.

— Et toi, Megan ? M'aimes-tu ? demanda-t-il quand elle se fut calmée.

— Tu le sais bien !

— Veux-tu m'épouser ?

— Crois-tu que je pourrai un jour être une épouse digne de toi ? se moqua-t-elle. Que ta famille acceptera une roturière dans la lignée ?

Il sourit, amusé.

— Dois-je prendre cela pour un oui ?

— Pas pour un, pour mille ! Oui, mille fois oui, Dan !

Fou de joie, Dan la serra contre lui et prit ses lèvres pour un long baiser rempli de tendresse et de passion.

Quand leurs lèvres se séparèrent enfin, il se redressa et plissa le front avant de déclarer, la mine soudain soucieuse :

— Au fait, je dois te préciser un détail...

Elle le regarda, sur ses gardes.

— Tu m'inquiètes.

— Il n'y a pas de quoi. C'est à propos de la maison.

— Quelle maison ?

— Edgewood House.

— Qu'y a-t-il ?

Le pli qui barrait son front s'accentua.

— Quelle serait ta réaction si je t'annonçais que j'en hériterai un jour ?

— Je croyais qu'elle devait revenir à Adam parce qu'il...

— Non, ma chérie, coupa-t-il. Je t'ai expliqué que, selon la tradition, Adam en était l'héritier. Eh bien, il faut croire que ma famille n'est pas si conservatrice que cela. Car, un jour, nous habiterons à Edgewood.

Elle le contempla, l'air soupçonneux.

— Comment se fait-il que tu ne m'aies pas expliqué cela plus tôt, Dan McKnight ? Ne m'aurais-tu pas soumise à un test, par hasard, pour être sûr que je t'épouserais pour toi et non pour ta maison ?

Il sourit. Au lieu de se réjouir, elle se moquait de lui ! N'avait-il pas toujours pensé qu'elle était imprévisible ?

— Nous nous soumettons tous mutuellement à des tests, Megan. Nous avons tendance à ériger des barrières autour de nous pour nous protéger. Jusqu'à ce qu'un jour, quelqu'un de très spécial les fasse tomber. Or, tu es très spéciale, Megan. Très très spéciale.

— Toi aussi, Dan.

Jamais il ne lui avait vu un regard aussi confiant. Il en profita pour lui voler un nouveau baiser. Puis encore un autre.

Et un troisième...

De baiser en baiser, leur étreinte devint de plus en plus

passionnée. Avait-il le temps de lui faire l'amour avant de prononcer son discours? se demanda-t-il. Il eut sa réponse lorsqu'un sifflotement narquois les avertit qu'ils étaient repérés.

L'instant d'après, Jake faisait son apparition sous la voûte fleurie, la cravate de travers et la joue barbouillée de rouge à lèvres.

Son regard alla de l'un à l'autre, puis son visage s'illumina.

— Ne me dites rien, j'ai tout compris. Un bon acteur se doit de savoir déchiffrer le langage des corps! s'exclama-t-il, avant de plaquer une main sur sa bouche comme s'il avait peur d'avoir commis un impair.

Mais il ne pouvait dissimuler sa mine réjouie. Il s'inclina devant Megan.

— Accepteriez-vous que je sois le premier à vous féliciter, madame Dan McKnight?

— Et toi, accepterais-tu d'être mon témoin? interrogea Dan avec un sourire radieux.

Le nouveau visage
de la collection Or

◆

AMOURS D'AUJOURD'HUI

Afin de mieux exprimer sa modernité et de vous séduire encore davantage, votre collection Or a changé de couverture et de nom depuis le 1er mars 1995.

Rassurez-vous, les romans, eux, ne changent pas, et vous pourrez retrouver dans la collection **Amours d'Aujourd'hui** tous vos auteurs préférés.

Comme chaque mois, en effet, vous y attendent des héros d'aujourd'hui, aux prises avec des passions fortes et des situations difficiles...

COLLECTION
AMOURS D'AUJOURD'HUI :
Quand l'amour guérit des blessures de la vie...

Chère lectrice,

Vous nous êtes fidèle depuis longtemps?
Vous venez de faire notre connaissance?

C'est pour votre plaisir que nous avons
imaginé un rendez-vous chaque mois
avec vos auteurs préférés, vos
AUTEURS VEDETTE dans les
collections Azur et Horizon.

Les **AUTEURS VEDETTE** vous
donneront rendez-vous pour de
nouveaux livres vedette.

Pour les reconnaître, cherchez
l'étoile... Elle vous guidera!

Éditions Harlequin

HARLEQUIN

LE FORUM DES LECTEURS ET LECTRICES

CHERS(ES) LECTEURS ET LECTRICES,

VOUS NOUS ETES FIDÈLES DEPUIS LONGTEMPS?

VOUS VENEZ DE FAIRE NOTRE CONNAISSANCE?

SI VOUS AVEZ DES COMMENTAIRES, DES CRITIQUES À FORMULER, DES SUGGESTIONS À OFFRIR, N'HÉSITEZ PAS... ÉCRIVEZ-NOUS À:
LES ENTERPRISES HARLEQUIN LTÉE.
498 RUE ODILE
FABREVILLE, LAVAL, QUÉBEC.
H7R 5X1

C'EST AVEC VOS PRÉCIEUX COMMENTAIRES QUE NOUS ALLONS POUVOIR MIEUX VOUS SERVIR.

DE PLUS, SI VOUS DÉSIREZ RECEVOIR UNE OU PLUSIEURS DE VOS SÉRIES HARLEQUIN PRÉFÉRÉE(S) À VOTRE DOMICILE, NE TARDEZ PAS À CONTACTER LE SERVICE D'ABONNEMENT; EN APPELANT AU (514) 875-4444 (RÉGION DE MONTRÉAL) OU 1-800-667-4444 (EXTÉRIEUR DE MONTRÉAL) OU TÉLÉCOPIEUR (514) 523-4444 OU COURRIER ELECTRONIQUE: AQCOURRIER@ABONNEMENT.QC.CA OU EN ÉCRIVANT À:
ABONNEMENT QUÉBEC
525 RUE LOUIS-PASTEUR
BOUCHERVILLE, QUÉBEC
J4B 8E7

MERCI, À L'AVANCE, DE VOTRE COOPÉRATION.

BONNE LECTURE.

HARLEQUIN.

VOTRE PASSEPORT POUR LE MONDE DE L'AMOUR.

ROUGE PASSION

De fiévreuses histoires d'amour sensuelles!

De provocantes histoires d'amour passionnées et romantiques qu'on lit d'une seule traite. Aventureuses, parfois humoristiques, et sensuelles, elles mettent en vedette des hommes et des femmes d'aujourd'hui.

ROUGE PASSION...quatre nouveaux titres chaque mois.

GEN-RP

COLLECTION HORIZON

Des histoires d'amour romantiques qui vous mènent au bout du monde!

Découvrez la passion et les vives émotions qu'apportent à la Collection Horizon des auteurs de renommée internationale!

Captivantes, voire irrésistibles, ces histoires d'amour vous iront assurément droit au coeur.

Surveillez nos quatre nouveaux titres chaque mois!

GEN-H

HARLEQUIN

En août, on vous tente avec un livre SUPER PASSION de la série Rouge Passion.

Les livres SUPER PASSION sont un peu plus sensuels et excitants, mais toujours l'amour triomphe des contraintes, de dilemmes et vient réchauffer votre coeur comme une caresse.

Une histoire SUPER PASSION chaque mois, disponible là où les romans Harlequin sont en vente !

RP-SUPER

HARLEQUIN

Lisez Rouge Passion pour rencontrer L'HOMME DU MOIS!

Chaque mois, à compter d'août, vous rencontrerez un homme **très sexy** dans la série Rouge Passion.

On peut distinguer les livres L'HOMME DU MOIS parce qu'il y a un très bel homme sur la couverture! Et dedans, vous trouverez des histoires écrites selon le point de vue de l'homme et de la femme.

Les livres L'HOMME DU MOIS sont écrits par les plus célèbres auteurs de Harlequin!

Laissez-vous tenter avec L'HOMME DU MOIS par une histoire d'amour sensuelle et provocante. Une histoire chaque mois disponible en août là où les romans Harlequin sont en vente!

RP-HOM

HARLEQUIN

COLLECTION
ROUGE PASSION

- Des héroïnes émancipées.
- Des héros qui savent aimer.
- Des situations modernes et réalistes.
- Des histoires d'amour sensuelles et
  provocantes.

LAISSEZ-VOUS TENTER
par 4 titres irrésistibles
chaque mois.

RP-1

Composé sur le serveur d'Euronumérique, à Montrouge
par les Éditions Harlequin
Achevé d'imprimer en mai 2001

BUSSIÈRE

GROUPE CPI

à Saint-Amand-Montrond (Cher)
Dépôt légal : juin 2001
N° d'imprimeur : 12348 — N° d'éditeur : 8795

Imprimé en France